COLLECTION FOLIO

Jorge Luis Borges

Le Sud

et autres fictions

*Traduction de l'espagnol (Argentine)
par Paul Verdevoye et Roger Caillois,
révisée par Jean Pierre Bernès*

Gallimard

Ces nouvelles, issues du recueil *Fictions*,
sont extraites d'*Œuvres complètes*, vol. 1
(collection Bibliothèque de la Pléiade,
Éditions Gallimard).

*© 1995, Maria Kodama.
All rights reserved.
© Éditions Gallimard, 1957 et 1965
pour la traduction française.
© Éditions Gallimard, 1993 et 2010
pour la traduction révisée.*

Né en 1899 à Buenos Aires, Jorge Luis Borges est mort à Genève le 14 juin 1986. Après des études secondaires en Suisse, où la Grande Guerre le surprend avec sa famille, il s'installe en Espagne où il adhère au mouvement ultraïste. Dès son retour en Argentine, il fonde une revue et, en 1923, publie son premier recueil de poèmes.

En 1938, après la mort de son père, il accepte un emploi dans une bibliothèque municipale de la banlieue de Buenos Aires. Huit ans plus tard, il perd son poste. La chute du gouvernement péroniste en 1955 lui permet d'être nommé directeur de la Bibliothèque nationale et professeur à la Faculté des lettres. Il est élu membre de l'Académie argentine des Lettres, voyage fréquemment aux États-Unis, en Europe, au Japon, où il donne de nombreuses conférences et dirige des séminaires d'études.

Conteur, essayiste, il est reconnu comme l'un des maîtres de la littérature du XXe siècle. Toute son œuvre est traduite en langue française et ses recueils de nouvelles — *Fictions*, *L'Aleph*, *Le livre de sable* — ainsi que ses livres de poèmes et ses essais — *Discussion*, *Enquêtes* — s'inscrivent comme des classiques dans la littérature contemporaine.

Découvrez, lisez ou relisez les livres de Jorge Luis Borges :

FICTIONS (Folio n° 614)

FICTIONS/FICCIONES (Folio Bilingue n° 10)

L'AUTEUR ET AUTRES TEXTES. El hacedor (L'Imaginaire n° 105)

L'ALEPH (L'Imaginaire n° 13)

ŒUVRE POÉTIQUE, 1925-1965 (Poésie/Gallimard n° 196)

LE RAPPORT DE BRODIE (Folio n° 1588)

L'OR DES TIGRES : L'Autre, le même II — Éloge de l'ombre — L'Or des tigres — Ferveur de Buenos Aires (Poésie/Gallimard n° 411)

LE LIVRE DE SABLE (Folio n° 1461)

LE LIVRE DE SABLE/EL LIBRO DE ARENA (Folio Bilingue n° 10)

LIVRE DE PRÉFACES suivi d'ESSAI D'AUTOBIOGRAPHIE (Folio n° 1794)

CONFÉRENCES (Folio Essais n° 92)

LE LIVRE DES ÊTRES IMAGINAIRES (L'Imaginaire n° 188)

ENQUÊTES suivi d'ENTRETIENS AVEC GEORGES CHARBONNIER (Folio Essais n° 198)

Les ruines circulaires

And if he left off dreaming about you...
Through the Looking Glass, IV

Nul ne le vit débarquer dans la nuit unanime, nul ne vit le canot de bambou s'enfoncer dans la fange sacrée, mais, quelques jours plus tard, nul n'ignorait que l'homme taciturne venait du Sud et qu'il avait pour patrie un des villages infinis qui sont en amont, sur le flanc violent de la montagne, où la langue zende n'est pas contaminée par le grec et où la lèpre est rare. Ce qu'il y a de certain c'est que l'homme gris baisa la fange, monta sur la rive sans écarter (probablement sans sentir) les roseaux qui lui lacéraient la peau et se traîna, étourdi et ensanglanté, jusqu'à l'enceinte circulaire surmontée d'un tigre ou d'un cheval de pierre, autrefois couleur de feu et maintenant couleur de cendre. Cette enceinte est un temple dévoré par les incendies anciens et profané par la forêt paludéenne, dont le dieu ne reçoit pas les honneurs des hommes. L'étranger s'allongea contre le piédestal. Le soleil haut l'éveilla. Il constata sans étonnement que ses blessures s'étaient cicatrisées ; il ferma ses yeux pâles et s'endormit, non par faiblesse de la chair mais par décision de la volonté. Il savait que ce temple était le lieu requis pour son invincible dessein; il savait que les arbres incessants n'avaient pas réussi à étrangler, en aval, les ruines d'un autre temple propice, aux dieux incendiés et morts également; il savait que son devoir immédiat était de dormir. Vers minuit il fut réveillé par le cri inconsolable d'un oiseau. Des traces de pieds nus, des figues et une cruche l'avertirent que les hommes de la région avaient épié respectueusement son sommeil et sollicitaient sa protection ou craignaient sa magie. Il sentit le froid de la peur, il chercha dans la muraille dilapidée une niche sépulcrale et se couvrit de feuilles inconnues.

Le dessein qui le guidait n'était pas impossible, bien que surnaturel. Il voulait rêver un homme : il voulait le rêver avec une intégrité minutieuse et l'imposer à la réalité. Ce projet magique avait épuisé tout l'espace de son âme; si quelqu'un lui avait demandé son propre nom ou quelque trait de sa vie antérieure, il n'aurait pas su répondre. Le temple inhabité et en ruine lui convenait, parce que c'était un minimum de monde visible; le voisinage des paysans aussi, car ceux-ci se chargeaient de subvenir à ses besoins frugaux. Le riz et les fruits de leur tribut étaient un aliment suffisant pour son corps, consacré à la seule tâche de dormir et de rêver.

Au début, ses rêves étaient chaotiques; ils furent bientôt de nature dialectique. L'étranger

Les ruines circulaires

se rêvait au centre d'un amphithéâtre circulaire qui était en quelque sorte le temple incendié : des nuées d'élèves taciturnes fatiguaient les gradins ; les visages des derniers pendaient à des siècles de distance et à une hauteur stellaire, mais ils étaient tout à fait précis. L'homme leur dictait des leçons d'anatomie, de cosmographie, de magie ; les visages écoutaient avidement et essayaient de répondre avec intelligence, comme s'ils devinaient l'importance de cet examen, qui rachèterait l'un d'eux de sa condition de vaine apparence et l'interpolerait dans le monde réel. Dans son rêve et dans sa veille, l'homme considérait les réponses de ses fantômes, ne se laissait pas enjôler par les imposteurs, devinait à de certaines perplexités un entendement croissant. Il cherchait une âme qui méritât de participer à l'univers.

Au bout de neuf ou dix nuits il comprit avec quelque amertume qu'il ne pouvait rien espérer de ces élèves qui acceptaient passivement sa doctrine mais plutôt de ceux qui risquaient, parfois, une contradiction raisonnable. Les premiers, quoique dignes d'amour et d'affection, ne pouvaient accéder au rang d'individus ; les derniers préexistaient un peu plus. Un après-midi (maintenant les après-midi aussi étaient tributaires du sommeil, maintenant il ne veillait que quelques heures à l'aube) il licencia pour toujours le vaste collège illusoire et resta avec un seul élève. C'était un garçon taciturne, mélancolique, parfois rebelle, aux traits anguleux qui répétaient ceux de son rêveur. Il ne fut pas longtemps déconcerté par la brusque élimination de ses condisciples ; ses progrès, au bout de quelques leçons particulières, purent étonner le maître. Pourtant, la catastrophe survint. L'homme, un jour, émergea du rêve comme d'un désert visqueux, regarda la vaine lumière de l'après-midi qu'il confondit tout d'abord avec l'aurore et comprit qu'il n'avait pas rêvé. Toute cette nuit-là et toute la journée, l'intolérable lucidité de l'insomnie s'abattit sur lui. Il voulut explorer la forêt, s'exténuer ; à peine obtint-il par la ciguë quelques moments de rêve débile, veinés fugacement de visions de type rudimentaire : inutilisables. Il voulut rassembler le collège et à peine eut-il articulé quelques brèves paroles d'exhortation, que celui-ci se déforma, s'effaça. Dans sa veille presque perpétuelle, des larmes de colère brûlaient ses yeux pleins d'âge.

Il comprit que l'entreprise de modeler la matière incohérente et vertigineuse dont se composent les rêves est la plus ardue que puisse tenter un homme, même s'il pénètre toutes les énigmes de l'ordre supérieur et inférieur : bien plus ardue que de tisser une corde de sable ou de monnayer le vent sans face. Il comprit qu'un échec initial était inévitable. Il jura d'oublier l'énorme hallucination qui l'avait égaré au début et chercha une autre méthode de travail. Avant de l'éprouver, il consacra un mois à la restauration des forces que le délire avait gaspillées. Il abandonna toute préméditation de rêve et presque sur-le-champ parvint à dormir pendant une raisonnable partie du

Les ruines circulaires 15

jour. Les rares fois qu'il rêva durant cette période, il ne fit pas attention aux rêves. Pour reprendre son travail, il attendit que le disque de la lune fût parfait. Puis, l'après-midi, il se purifia dans les eaux du fleuve, adora les dieux planétaires, prononça les syllabes licites d'un nom puissant et s'endormit. Presque immédiatement, il rêva d'un cœur qui battait.

Il le rêva actif, chaud, secret, de la grandeur d'un poing fermé, grenat dans la pénombre d'un corps humain encore sans visage ni sexe ; il le rêva avec un minutieux amour pendant quatorze nuits lucides. Chaque nuit, il le percevait avec une plus grande évidence. Il ne le touchait pas : il se bornait à l'attester, à l'observer, parfois à le corriger du regard. Il le percevait, le vivait du fond de multiples distances et sous de nombreux angles. La quatorzième nuit il frôla de l'index l'artère pulmonaire et puis tout le cœur, du dehors et du dedans. L'examen le satisfit. Délibérément il ne rêva pas pendant une nuit : puis il reprit le cœur, invoqua le nom d'une planète et essaya de voir un autre des organes principaux. Avant un an, il en arriva au squelette, aux paupières. Imaginer les cheveux innombrables fut peut-être la tâche la plus difficile. Il rêva un homme entier, un jeune homme, mais celui-ci ne se dressait pas ni ne parlait ni ne pouvait ouvrir les yeux. Nuit après nuit, l'homme le rêvait endormi.

Dans les cosmogonies gnostiques les démiurges pétrissent un rouge Adam qui ne parvient pas à se mettre debout ; aussi inhabile et rude et élémentaire que cet Adam de poussière était l'Adam de rêve que les nuits du magicien avaient fabriqué. Un après-midi l'homme détruisit presque toute son œuvre, mais il se repentit. (Il aurait mieux valu pour lui qu'il la détruisît.) Après avoir épuisé les vœux aux esprits de la terre et du fleuve, il se jeta aux pieds de l'effigie qui était peut-être un tigre et peut-être un poulain, et implora son secours inconnu. Ce jour-là au crépuscule, il rêva de la statue. Il la rêva vivante, frémissante : ce n'était pas un atroce bâtard de tigre et de poulain, mais ces deux créatures véhémentes à la fois et aussi un taureau, une rose, une tempête. Ce dieu multiple lui révéla que son nom terrestre était Feu, que dans ce temple circulaire (et dans d'autres semblables) on lui avait offert des sacrifices et rendu un culte et qu'il animerait magiquement le fantôme rêvé, de sorte que toutes les créatures, excepté le Feu lui-même et le rêveur, le prendraient pour un homme en chair et en os. Il lui ordonna de l'envoyer, une fois instruit dans les rites, jusqu'à l'autre temple en ruine dont les pyramides persistent en aval, pour qu'une voix le glorifiât dans cet édifice désert. Dans le rêve de l'homme qui rêvait, le rêvé s'éveilla.

Le magicien exécuta ces ordres. Il consacra un délai (qui finalement embrassa deux ans) à lui découvrir les arcanes de l'univers et du culte du feu. Il souffrait intimement de se séparer de lui. Sous le prétexte de la nécessité pédagogique, il reculait chaque jour les heures consacrées au sommeil. Il refit aussi l'épaule droite, peut-être déficiente. Parfois, il était tourmenté par l'impres-

Les ruines circulaires

sion que tout cela était déjà arrivé… En général, ses jours étaient heureux ; en fermant les yeux il pensait : « Maintenant je serai avec mon fils. » Ou, plus rarement : « Le fils que j'ai engendré m'attend et n'existera pas si je n'y vais pas. »

Il l'accoutuma graduellement à la réalité. Une fois il lui ordonna de dresser un drapeau sur une cime lointaine. Le lendemain, le drapeau flottait sur la cime. Il essaya d'autres expériences analogues, de plus en plus audacieuses. Il comprit avec une certaine amertume que son enfant était prêt à naître — et peut-être impatient. Cette nuit-là il l'embrassa pour la première fois et l'envoya dans l'autre temple dont les vestiges blanchoient en aval, à un grand nombre de lieues de forêt inextricable et de marécage. Auparavant (pour qu'il ne puisse jamais savoir qu'il était un fantôme, pour qu'il se croie un homme comme les autres) il lui infusa l'oubli total de ses années d'apprentissage.

Sa victoire et sa paix furent ternies par l'ennui. Dans les crépuscules du soir et de l'aube, il se prosternait devant l'image de pierre, se figurant peut-être que son fils exécutait des rites identiques, dans d'autres ruines circulaires, en aval ; la nuit il ne rêvait pas, ou rêvait comme le font tous les hommes. Il percevait avec une certaine pâleur les sons et les formes de l'univers : le fils absent s'alimentait de ces diminutions de son âme. Le dessein de sa vie était comblé ; l'homme demeura dans une sorte d'extase. Au bout d'un temps que certains narrateurs de son histoire préfèrent calculer en années et d'autres en lustres, il fut réveillé à minuit par deux rameurs : il ne put voir leurs visages, mais ils lui parlèrent d'un magicien dans un temple du Nord, capable de marcher sur le feu et de ne pas se brûler. Le magicien se rappela brusquement les paroles du dieu. Il se rappela que de toutes les créatures du globe, le feu était la seule qui savait que son fils était un fantôme. Ce souvenir, apaisant tout d'abord, finit par le tourmenter. Il craignit que son fils ne méditât sur ce privilège anormal et découvrît de quelque façon sa condition de pur simulacre. Ne pas être un homme, être la projection du rêve d'un autre homme, quelle humiliation incomparable, quel vertige ! Tout père s'intéresse aux enfants qu'il a procréés (qu'il a permis) dans une pure confusion ou dans le bonheur ; il est naturel que le magicien ait craint pour l'avenir de ce fils, pensé entraille par entraille et trait par trait, en mille et une nuits secrètes.

Le terme de ses réflexions fut brusque, mais il fut annoncé par quelques signes. D'abord (après une longue sécheresse) un nuage lointain sur une colline, léger comme un oiseau ; puis, vers le Sud, le ciel qui avait la couleur rose de la gencive des léopards ; puis les grandes fumées qui rouillèrent le métal des nuits ; ensuite la fuite panique des bêtes. Car ce qui était arrivé il y a bien des siècles se répéta. Les ruines du sanctuaire du dieu du feu furent détruites par le feu. Dans une aube sans oiseaux le magicien vit fondre sur les murs l'incendie concentrique. Un instant, il pensa se réfugier dans les eaux, mais il comprit aussitôt que la mort venait couronner sa vieillesse et l'absoudre de ses travaux. Il marcha sur les lambeaux de feu. Ceux-ci ne mordirent pas sa chair, ils le caressèrent et l'inondèrent sans chaleur et sans combustion. Avec soulagement, avec humiliation, avec terreur, il comprit qu'il était lui aussi une apparence, qu'un autre était en train de le rêver.

*Le jardin aux sentiers
qui bifurquent*

À Victoria Ocampo

À la page 22 de l'*Histoire de la guerre européenne* de Liddell Hart, on lit qu'une offensive de treize divisions britanniques (appuyées par mille quatre cents pièces d'artillerie) contre la ligne Serre-Montauban avait été projetée pour le 24 juillet 1916 et dut être remise au matin du 29. Ce sont les pluies torrentielles (note le capitaine Liddell Hart) qui provoquèrent ce retard — certes, nullement significatif. La déclaration suivante, dictée, relue et signée par le docteur Yu Tsun, ancien professeur d'anglais à la *Hochschule* de Tsingtao, projette une lumière insoupçonnée sur cette affaire. Les deux pages initiales manquent.

« ... et je raccrochai. Immédiatement après, je reconnus la voix qui avait répondu en allemand. C'était celle du capitaine Richard Madden. Madden, dans l'appartement de Viktor Runeberg, cela signifiait la fin de nos angoisses et aussi — mais cela paraissait très secondaire, ou *devait me le paraître* — de nos vies. Cela voulait dire que

Runeberg avait été arrêté ou assassiné*. Avant que le soleil de ce jour-là ait décliné, j'aurais le même sort. Madden était implacable. Ou plutôt, il était obligé d'être implacable. Irlandais aux ordres de l'Angleterre, accusé de tiédeur et peut-être de trahison, comment n'allait-il pas profiter et être reconnaissant de cette faveur miraculeuse : la découverte, la capture, peut-être l'exécution de deux agents de l'Empire allemand ? Je montai dans ma chambre ; je fermai absurdement la porte à clé et m'allongeai sur mon étroit lit de fer. Par la fenêtre je voyais les toits de toujours et le soleil embrumé de six heures. Il me parut incroyable que ce jour sans prémonitions ni symboles fût celui de ma mort implacable. Malgré la mort de mon père, malgré mon enfance passée dans un jardin symétrique de Haï Feng, allais-je maintenant mourir, moi aussi ? Puis, je pensai que tout nous arrive précisément, précisément maintenant. Des siècles de siècles et c'est seulement dans le présent que les faits se produisent ; des hommes innombrables dans les airs, sur terre et sur mer, et tout ce qui se passe réellement c'est ce qui m'arrive à moi... Le souvenir presque intolérable du visage chevalin de Madden abolit ces divagations. Au milieu de ma haine et de ma terreur (peu m'importe à présent de parler de

---

* Hypothèse odieuse et extravagante. L'espion prussien Hans Rabener surnommé Viktor Runeberg attaqua avec un revolver automatique le porteur de l'ordre d'arrestation, le capitaine Richard Madden. Celui-ci pour se défendre lui fit des blessures qui occasionnèrent sa mort. (Note de l'éditeur.)

terreur ; à présent que j'ai joué Richard Madden, à présent que ma gorge souhaite la corde) je pensai que ce guerrier tumultueux et sans doute heureux ne soupçonnait pas que je possédais le Secret. Le nom du lieu précis du nouveau parc d'artillerie britannique sur l'Ancre. Un oiseau raya le ciel gris et je le traduisis aveuglément en un aéroplane et celui-ci en un grand nombre d'aéroplanes (dans le ciel français) anéantissant le parc d'artillerie avec des bombes verticales. Si ma bouche, avant d'être fracassée par une balle, pouvait crier ce nom de sorte qu'on l'entendît en Allemagne... Ma voix humaine était bien pauvre. Comment la faire parvenir à l'oreille du Chef ? À l'oreille de cet homme malade et odieux, qui savait seulement de Runeberg et de moi que nous étions dans le Staffordshire et qui attendait en vain de nos nouvelles dans son bureau aride de Berlin, en examinant infiniment les journaux... Je dis à haute voix : "Je dois fuir." Je me redressai sans bruit, dans un silence inutilement parfait, comme si Madden me guettait déjà. Quelque chose — peut-être le pur désir de me prouver ostensiblement que mes ressources étaient nulles — me fit passer mes poches en revue. J'y trouvai ce que je savais y trouver. Ma montre nord-américaine, sa chaîne de nickel avec sa pièce de monnaie quadrangulaire, le trousseau avec les clés compromettantes et inutiles de l'appartement de Runeberg, mon carnet, une lettre que je décidai de détruire immédiatement (et que je ne détruisis pas), le faux passeport, une couronne, deux shillings et quelques pence, mon crayon rouge et bleu, mon mouchoir, mon revolver chargé d'une balle. Je le pris absurdement et le soupesai pour me donner du courage. Je pensai vaguement qu'on peut entendre un coup de revolver de très loin. En dix minutes mon plan était mûr. L'annuaire du téléphone me donna le nom de la seule personne capable de transmettre le renseignement : elle habitait un faubourg de Fenton, à moins d'une demi-heure de train.

« Je suis un lâche. Je le dis maintenant, maintenant que j'ai réalisé un plan que personne ne qualifiera pas de risqué. Je sais que l'exécution de ce plan fut terrible. Je n'ai pas fait cela pour l'Allemagne, non. Peu m'importe un pays barbare qui m'a contraint à l'abjection d'être un espion. En outre, je connais un Anglais — un homme modeste — qui n'est pas moins que Goethe pour moi. Je n'ai pas parlé plus d'une heure avec lui, mais, pendant une heure, il fut Goethe... J'ai fait cela, parce que je sentais que le Chef méprisait les gens de ma race — les innombrables ancêtres qui confluent en moi. Je voulais lui prouver qu'un Jaune pouvait sauver ses armées. En outre, je devais fuir le capitaine. Ses mains et sa voix pouvaient frapper à ma porte d'un moment à l'autre. Je m'habillai sans bruit, me dis adieu dans la glace, descendis, scrutai la rue tranquille, et sortis. La gare n'était pas loin de chez moi, mais je jugeai préférable de prendre une voiture. De cette façon, argumentais-je, le risque d'être reconnu était moindre ; le fait est que, dans la rue déserte, je me sentais infiniment visible et vulnérable. Je me rappelle que je dis au cocher de s'arrêter un peu avant l'entrée centrale. Je descendis avec une lenteur voulue et presque pénible ; j'allais au village d'Ashgrove, mais je pris un billet pour une gare plus éloignée. Le train partait dans quelques minutes, à huit heures cinquante. Je me hâtai ; le prochain partirait à neuf heures et demie. Il n'y avait presque personne sur le quai. Je parcourus les voitures : je me rappelle quelques paysans, une femme en deuil, un jeune homme qui lisait avec ferveur les *Annales* de Tacite, un soldat blessé et heureux. Les voitures démarrèrent enfin. Un homme que je reconnus courut en vain jusqu'à la limite du quai. C'était le capitaine Richard Madden. Anéanti, tremblant, je me blottis à l'autre bout de la banquette, loin de la vitre redoutable.

« De cet anéantissement je passai à un bonheur presque abject. Je me dis que le duel était engagé et que j'avais remporté la première manche en déjouant du moins pour quarante minutes, du moins par une faveur du hasard, l'attaque de mon adversaire. J'en conclus que cette victoire minime préfigurait la victoire totale. J'en conclus qu'elle n'était pas minime, puisque, sans cette différence précieuse que m'accordait l'horaire des trains, je serais en prison, ou mort. J'en conclus (non moins sophistiquement) que mon lâche bonheur prouvait que j'étais homme à bien mener cette aventure. Je trouvai dans cette faiblesse des forces qui ne m'abandonnèrent pas. Je prévois que l'homme se résignera à des entreprises de plus en plus atroces ; bientôt il n'y aura que des guerriers et des bandits ; je leur donne ce conseil : "Celui qui se lance dans une entreprise atroce doit s'imaginer qu'il l'a déjà réalisée, il doit s'imposer un avenir irrévocable comme le passé." C'est ainsi que je procédai, tandis que mes yeux d'homme déjà mort interrogeaient ce jour qui s'écoulait, peut-être le dernier, et la nuit qui s'épanchait. Le train roulait doucement entre des frênes. Il s'arrêta, presque en pleine campagne. Personne ne cria le nom de la gare. "Ashgrove ?" demandai-je à des enfants sur le quai. "Ashgrove", répondirent-ils. Je descendis.

« Une lampe illustrait le quai, mais les visages des enfants restaient dans la zone d'ombre. L'un d'eux me demanda : "Vous allez chez le professeur Stephen Albert ?" Sans attendre de réponse, un autre dit : "La maison est loin d'ici, mais vous ne vous perdrez pas si vous prenez ce chemin à gauche et si, à chaque carrefour, vous tournez à gauche." Je leur jetai une pièce (la dernière), descendis quelques marches de pierre et entrai dans le chemin solitaire. Celui-ci descendait, lentement. Il était de terre élémentaire ; en haut, les branches se confondaient, la lune basse et ronde semblait m'accompagner.

« Un instant, je pensai que Richard Madden avait pénétré de quelque façon mon dessein désespéré. Je compris bien vite que c'était impossible. Le conseil de toujours tourner à gauche me rappela que tel était le procédé commun pour

Le jardin aux sentiers qui bifurquent

découvrir la cour centrale de certains labyrinthes. Je m'y entends un peu en fait de labyrinthes : ce n'est pas en vain que je suis l'arrière-petit-fils de ce Ts'ui Pên, qui fut gouverneur du Yunnan et qui renonça au pouvoir temporel pour écrire un roman qui serait encore plus populaire que le *Hung Lu Meng*, et pour construire un labyrinthe dans lequel tous les hommes se perdraient. Il consacra treize ans à ces efforts hétérogènes, mais la main d'un étranger l'assassina et son roman était insensé et personne ne trouva le labyrinthe. Sous des arbres anglais, je méditai : ce labyrinthe perdu, je l'imaginai inviolé et parfait au sommet secret d'une montagne, je l'imaginai effacé par des rizières ou sous l'eau ; je l'imaginai infini, non plus composé de kiosques octogonaux et de sentiers qui reviennent, mais de fleuves, de provinces et de royaumes... Je pensai à un labyrinthe de labyrinthes, à un sinueux labyrinthe croissant qui embrasserait le passé et l'avenir et qui impliquerait les astres en quelque sorte. Plongé dans ces images illusoires, j'oubliai mon destin d'homme poursuivi. Je sentis, pendant un temps indéterminé, que je percevais abstraitement le monde. La campagne vague et vivante, la lune, les restes de l'après-midi agirent en moi, ainsi que la déclivité qui éliminait toute possibilité de fatigue. La soirée était intime, infinie. Le chemin descendait et bifurquait, dans les prairies déjà confuses. Une musique aiguë et comme syllabique s'approchait et s'éloignait dans le va-et-vient du vent, affaiblie par les feuilles et la distance. Je pensai qu'un homme peut être l'ennemi d'autres hommes, d'autres moments, d'autres hommes, mais non d'un pays, non des lucioles, des mots, des jardins, des cours d'eau, des couchants. J'arrivai ainsi devant un grand portail rouillé. Entre les grilles je déchiffrai une allée et une sorte de pavillon. Je compris soudain deux choses, la première banale, la seconde presque incroyable : la musique venait du pavillon, la musique était chinoise. C'est pourquoi je l'avais acceptée pleinement, sans y prêter attention. Je ne me rappelle pas s'il y avait une cloche ou un bouton ou si j'appelai en frappant dans mes mains. Le crépitement de la musique continua.

« Mais du fond de la maison intime, un lampion approchait : un lampion que les troncs d'arbres rayaient et annulaient par moments, un lampion en papier qui avait la forme des tambours et la couleur de la lune. Un homme de grande taille le portait. Je ne vis pas son visage, car la lumière m'aveuglait. Il ouvrit le portail et dit lentement dans ma langue :

« "Je vois que le compatissant Hsi Pêng tient à adoucir ma solitude. Vous voulez sans doute voir le jardin ?"

« Je reconnus le nom d'un de nos consuls et je répétai, déconcerté :

« "Le jardin ?

« — Le jardin aux sentiers qui bifurquent."

« Quelque chose s'agita dans mon souvenir et je prononçai avec une incompréhensible assurance :

« "Le jardin de mon ancêtre Ts'ui Pên.

« — Votre ancêtre ? Votre illustre ancêtre ? Entrez."

« Le sentier humide zigzaguait comme ceux de mon enfance. Nous arrivâmes dans une bibliothèque de livres orientaux et occidentaux. Je reconnus, reliés en soie jaune, quelques volumes manuscrits de *L'Encyclopédie perdue* que dirigea le troisième empereur de la Dynastie lumineuse et qu'on ne donna jamais à l'impression. Le disque du gramophone tournait à côté d'un phénix en bronze. Je me rappelle aussi un grand vase de la famille rose et un autre, antérieur de plusieurs siècles, ayant cette couleur bleue que nos artisans ont imitée des potiers persans...

« Stephen Albert m'observait en souriant. Il était (je l'ai déjà dit) très grand, il avait des traits accusés, des yeux gris et une barbe grise. Il y avait en lui un peu du prêtre et aussi du marin ; il me raconta plus tard qu'il avait été missionnaire à Tientsin "avant d'aspirer à être sinologue".

« Nous nous assîmes ; moi, sur un divan long et bas ; lui, le dos à la fenêtre et à une grande horloge ronde. Je calculai que mon poursuivant Richard Madden n'arriverait pas avant une heure. Ma décision irrévocable pouvait attendre.

« "Étonnante destinée que celle de Ts'ui Pên, dit Stephen Albert. Gouverneur de sa province natale, docte en astronomie, en astrologie et dans l'interprétation inlassable des livres canoniques, joueur d'échecs, fameux poète et calligraphe : il abandonna tout pour composer un livre et un labyrinthe. Il renonça aux plaisirs de l'oppression, de la justice, du lit nombreux, des banquets et même de l'érudition et se cloîtra pendant treize ans dans le pavillon de la Solitude limpide. À sa mort, ses héritiers ne trouvèrent que des manuscrits chaotiques. Sa famille, comme sans doute vous ne l'ignorez pas, voulut les adjuger au feu : mais son exécuteur testamentaire — un moine taoïste ou bouddhiste — insista pour les faire publier.

« — Les hommes de la race de Ts'ui Pên, répliquai-je, exècrent encore ce moine. Cette publication fut insensée. Le livre est un vague amas de brouillons contradictoires. Je l'ai examiné une fois : au troisième chapitre le héros meurt, au quatrième il est vivant. Quant à l'autre entreprise de Ts'ui Pên, son Labyrinthe...

« — Voici le Labyrinthe, dit-il, en me montrant un grand secrétaire en laque.

« — Un labyrinthe en ivoire ! m'écriai-je. Un labyrinthe minuscule...

« — Un labyrinthe de symboles, corrigea-t-il. Un invisible labyrinthe de temps. C'est à moi, barbare anglais, qu'il a été donné de révéler ce mystère transparent. Après plus de cent ans, les détails sont irrécupérables, mais il n'est pas difficile de conjecturer ce qui se passa. Ts'ui Pên a dû dire un jour : 'Je me retire pour écrire un livre.' Et un autre : 'Je me retire pour construire un labyrinthe.' Tout le monde imagina qu'il y avait deux ouvrages. Personne ne pensa que le livre et le labyrinthe étaient un seul objet. Le pavillon de la

Solitude limpide se dressait au milieu d'un jardin peut-être inextricable ; ce fait peut avoir suggéré aux hommes un labyrinthe physique. Ts'ui Pên mourut ; personne, dans les vastes terres qui lui appartinrent, ne trouva le labyrinthe ; la confusion qui régnait dans le roman me fit supposer que ce livre était le Labyrinthe. Deux circonstances me donnèrent la solution exacte du problème. L'une, la curieuse légende d'après laquelle Ts'ui Pên s'était proposé un labyrinthe strictement infini. L'autre, un fragment de lettre que je découvris."

« Albert se leva. Pendant quelques instants, il me tourna le dos ; il ouvrit un tiroir du secrétaire noir et or. Il revint avec un papier jadis cramoisi, maintenant rose, mince et quadrillé. Le renom de calligraphe de Ts'ui Pên était justifié. Je lus sans les comprendre mais avec ferveur ces mots qu'un homme de mon sang avait rédigés d'un pinceau minutieux : "Je laisse aux nombreux avenirs (non à tous) mon jardin aux sentiers qui bifurquent." Je lui rendis silencieusement la feuille. Albert poursuivit :

« "Avant d'avoir exhumé cette lettre, je m'étais demandé comment un livre pouvait être infini. Je n'avais pas conjecturé d'autre procédé que celui d'un volume cyclique, circulaire. Un volume dont la dernière page fût identique à la première, avec la possibilité de continuer indéfiniment. Je me rappelai aussi cette nuit qui se trouve au milieu des *Mille et Une Nuits*, quand la reine Schéhérazade (par une distraction magique du copiste) se met à raconter textuellement l'histoire des *Mille et Une Nuits*, au risque d'arriver de nouveau à la nuit pendant laquelle elle la raconte, et ainsi à l'infini. J'avais aussi imaginé un ouvrage platonique, héréditaire, transmis de père en fils, dans lequel chaque individu nouveau eût ajouté un chapitre ou corrigé avec un soin pieux la page de ses aînés. Ces conjectures m'ont distrait ; mais aucune ne semblait correspondre, même de loin, aux chapitres contradictoires de Ts'ui Pên. Dans cette perplexité, je reçus d'Oxford le manuscrit que vous avez examiné. Naturellement, je m'arrêtai à la phrase : 'Je laisse aux nombreux avenirs (non à tous) mon jardin aux sentiers qui bifurquent.' Je compris presque sur-le-champ ; *Le jardin aux sentiers qui bifurquent* était le roman chaotique ; la phrase *'nombreux avenirs (non à tous)'* me suggéra l'image de la bifurcation dans le temps, non dans l'espace. Une nouvelle lecture générale de l'ouvrage confirma cette théorie. Dans toutes les fictions, chaque fois que diverses possibilités se présentent, l'homme en adopte une et élimine les autres ; dans la fiction du presque inextricable Ts'ui Pên, il les adopte toutes simultanément. Il *crée* ainsi divers avenirs, divers temps qui prolifèrent aussi et bifurquent. De là, les contradictions du roman. Fang, disons, détient un secret : un inconnu frappe à sa porte ; Fang décide de le tuer. Naturellement, il y a plusieurs dénouements possibles : Fang peut tuer l'intrus, l'intrus peut tuer Fang, tous deux peuvent être saufs, tous deux peuvent mourir, et cætera. Dans l'ouvrage de Ts'ui Pên, tous les dénouements se produisent : chacun est le point de départ d'autres bifurcations. Parfois, les sentiers de ce labyrinthe convergent : par exemple, vous arrivez chez moi, mais, dans l'un des passés possibles, vous êtes mon ennemi ; dans un autre, mon ami. Si vous vous résignez à ma prononciation incurable, nous lirons quelques pages."

« Dans le cercle vif de la lampe, son visage était sans doute celui d'un vieillard, mais avec quelque chose d'inébranlable et même d'immortel. Il lut avec une lente précision deux rédactions d'un même chapitre épique. Dans la première, une armée marche au combat en traversant une montagne déserte : l'horreur des pierres et de l'ombre lui fait mépriser la vie et elle remporte facilement la victoire ; dans la seconde, la même armée traverse un palais dans lequel on donne une fête ; le combat resplendissant leur semble une continuation de la fête et ils remportent la victoire. J'écoutais avec une honnête vénération ces vieilles fictions, peut-être moins admirables que le fait qu'elles eussent été imaginées par ma race et qu'un homme d'un empire éloigné me les eût restituées, au cours d'une aventure désespérée, dans une île occidentale. Je me rappelle les mots de la fin, répétés dans chaque rédaction ainsi qu'un commandement secret : "C'est ainsi que combattirent les héros, le cœur admirable et tranquille, l'épée violente, résignés à tuer et à mourir." »

« Dès cet instant, je sentis autour de moi et dans l'obscurité de mon corps une invisible, intangible pullulation. Non la pullulation des armées divergentes, parallèles et finalement coalescentes, mais une agitation plus inaccessible, plus intime, qu'elles préfiguraient en quelque sorte. Stephen Albert poursuivit :

« "Je ne crois pas que votre illustre ancêtre ait joué inutilement aux variantes. Je ne juge pas vraisemblable qu'il ait sacrifié treize ans à la réalisation infinie d'une expérience de rhétorique. Dans votre pays, le roman est un genre subalterne ; dans ce temps-là c'était un genre méprisable ; Ts'ui Pên fut un romancier génial, mais il fut aussi un homme de lettres qui ne se considéra pas sans doute comme un pur romancier. Le témoignage de ses contemporains proclame — et sa vie le confirme bien — ses goûts métaphysiques, mystiques. La controverse philosophique usurpe une bonne partie de son roman. Je sais que de tous les problèmes, aucun ne l'inquiéta et ne le travailla autant que le problème abyssal du temps. Eh bien, c'est le *seul* problème qui ne figure pas dans les pages du *Jardin*. Il n'emploie pas le mot qui veut dire 'temps'. Comment vous expliquez-vous cette omission volontaire ?"

« Je proposai plusieurs solutions, toutes insuffisantes. Nous les discutâmes ; à la fin, Stephen Albert me dit :

« "Dans une devinette dont le thème est le jeu d'échecs, quel est le seul mot interdit ?" Je réfléchis un moment et répondis :

« "Le mot 'échec'.

« — Précisément, dit Albert. *Le jardin aux sentiers qui bifurquent* est une énorme devinette ou parabole dont le thème est le temps ; cette cause cachée lui interdit la mention de son nom. Omettre *toujours* un mot, avoir recours à des métaphores inadéquates et à des périphrases évidentes, est peut-être la façon la plus démonstrative de l'indiquer. C'est la façon tortueuse que préféra l'oblique Ts'ui Pên dans chacun des méandres de son infatigable roman. J'ai confronté des centaines de manuscrits, j'ai corrigé les erreurs que la négligence des copistes y avait introduites, j'ai conjecturé le plan de ce chaos, j'ai rétabli, j'ai cru rétablir, l'ordre primordial, j'ai traduit l'ouvrage entièrement : j'ai constaté qu'il n'employait pas une seule fois le mot 'temps'. L'explication en est claire. *Le jardin aux sentiers qui bifurquent* est une image incomplète, mais non fausse, de l'univers tel que le concevait Ts'ui Pên. À la différence de Newton et de Schopenhauer, votre ancêtre ne croyait pas à un temps uniforme, absolu. Il croyait à des séries infinies de temps, à un réseau croissant et vertigineux de temps divergents, convergents et parallèles. Cette trame de temps qui s'approchent, bifurquent, se coupent ou s'ignorent pendant des siècles, embrasse *toutes* les possibilités. Nous n'existons pas dans la majorité de ces temps ; dans quelques-uns vous existez et moi pas ; dans d'autres, moi, et pas vous ; dans d'autres, tous les deux. Dans celui-ci, que m'accorde un hasard favorable, vous êtes arrivé chez moi ; dans un autre, en traversant le jardin, vous m'avez trouvé mort ; dans un autre, je dis ces mêmes paroles, mais je suis une erreur, un fantôme.

« — Dans tous, articulai-je non sans un frisson, je vénère votre reconstitution du jardin de Ts'ui Pên et vous en remercie.

« — Pas dans tous, murmura-t-il avec un sourire. Le temps bifurque perpétuellement vers d'innombrables futurs. Dans l'un d'eux je suis votre ennemi."

« Je sentis de nouveau cette pullulation dont j'ai parlé. Il me sembla que le jardin humide qui entourait la maison était saturé à l'infini de personnages invisibles. Ces personnages étaient Albert et moi, secrets, affairés et multiformes dans d'autres dimensions de temps. Je levai les yeux et le léger cauchemar se dissipa. Dans le jardin jaune et noir il y avait un seul homme; mais cet homme était fort comme une statue, mais cet homme avançait sur le sentier et était le capitaine Richard Madden.

« "L'avenir existe déjà, répondis-je, mais je suis votre ami. Puis-je encore examiner la lettre?"

« Albert se leva. Grand, il ouvrit le tiroir du grand secrétaire; il me tourna le dos un moment. J'avais préparé mon revolver. Je tirai avec un soin extrême : Albert s'effondra sans une plainte, immédiatement. Je jure que sa mort fut instantanée : un foudroiement.

« Le reste est irréel, insignifiant. Madden fit irruption, m'arrêta. J'ai été condamné à la pendaison. J'ai vaincu abominablement : j'ai communiqué à Berlin le nom secret de la ville qu'on doit attaquer. On l'a bombardée hier : je l'ai lu dans les journaux mêmes qui proposèrent à l'Angleterre cette énigme : le savant sinologue Stephen Albert est mort assassiné par un inconnu, Yu Tsun. Le Chef a déchiffré l'énigme. Il sait que mon problème consistait à indiquer (à travers le fracas de la guerre) la ville qui s'appelle Albert et que je n'avais pas trouvé d'autre moyen que de tuer une personne de ce nom. Il ne connaît pas (personne ne peut connaître) ma contrition et ma lassitude innombrables. »

Funes ou la mémoire

Je me le rappelle (je n'ai pas le droit de prononcer ce verbe sacré ; un seul homme au monde eut ce droit et cet homme est mort) une passionnaire sombre à la main, voyant cette fleur comme aucun être ne l'a vue, même s'il l'a regardée du crépuscule de l'aube au crépuscule du soir, toute une vie entière. Je me rappelle son visage taciturne d'Indien, singulièrement *lointain* derrière sa cigarette. Je me rappelle (je crois) ses mains rudes de tresseur. Je me rappelle, près de ses mains, un maté aux armes de l'Uruguay ; je me rappelle, à la fenêtre de sa maison, une natte jaune avec un vague paysage lacustre. Je me rappelle distinctement sa voix, la voix posée, aigrie et nasillarde de l'ancien habitant des faubourgs sans les sifflements italiens de maintenant. Je ne l'ai pas vu plus de trois fois ; la dernière, en 1887... Je trouve très heureux le projet de demander à tous ceux qui l'ont fréquenté d'écrire à son sujet ; mon témoignage sera peut-être le plus bref et sans doute le plus pauvre, mais non le moins impartial du volume que vous éditerez. Ma déplorable condition d'Argentin m'empêchera de tomber dans le dithyrambe — genre obligatoire en Uruguay quand il s'agit de quelqu'un du pays. — « Littérateur, rat de ville, portègne » ; Funes ne prononça pas ces mots injurieux, mais je sais suffisamment que je symbolisais pour lui ces calamités. Pedro Leandro Ipuche a écrit que Funes était un précurseur des surhommes, « un Zarathoustra à l'état sauvage et vernaculaire » ; je ne discute pas, mais il ne faut pas oublier qu'il était aussi un compadrito du bourg de Fray Bentos, incurablement borné pour certaines choses.

Mon premier souvenir de Funes est très net. Je le vois une fin d'après-midi de mars ou de février de quatre-vingt-quatre. Cette année-là, mon père m'avait emmené passer l'été à Fray Bentos. Je revenais de l'estancia de San Francisco avec mon cousin Bernardo Haedo. Nous rentrions à cheval, en chantant ; et cette promenade n'était pas la seule raison de mon bonheur. Après une journée étouffante, des nuages énormes couleur d'ardoise avaient caché le ciel. Le vent du sud excitait l'orage ; déjà les arbres s'affolaient ; je craignais (j'espérais) que l'eau élémentaire ne nous surprît en rase campagne. Nous fîmes une sorte de course avec l'orage. Nous entrâmes dans une rue qui s'enfonçait entre deux très hauts trottoirs en brique. Le temps s'était obscurci brusquement ; j'entendis des pas rapides et presque secrets au-dessus de ma tête ; je levai les yeux et vis un jeune garçon qui courait sur le trottoir étroit et défoncé comme sur un mur étroit et défoncé. Je me rappelle son pantalon bouffant, ses espadrilles ; je me rappelle sa cigarette dans un visage dur, pointant vers le gros nuage déjà illimité. Bernardo lui cria imprévisiblement : « Quelle heure est-il, Ireneo ? » Sans consulter le ciel, sans s'arrêter, l'autre répondit : « Dans quatre minutes, il sera huit heures, monsieur Bernardo Juan Francisco. » Sa voix était aiguë, moqueuse.

Je suis si distrait que le dialogue que je viens de rapporter n'aurait pas attiré mon attention si mon cousin, stimulé (je crois) par un certain orgueil local et par le désir de se montrer indifférent à la réponse tripartite de l'autre, n'avait pas insisté.

Il me dit que le jeune garçon rencontré dans la rue était un certain Ireneo Funes, célèbre pour certaines bizarreries. Ainsi, il ne fréquentait personne et il savait toujours l'heure, comme une montre. Mon cousin ajouta qu'il était le fils d'une repasseuse du village, Maria Clementina Funes ; certains disaient que son père, un Anglais, O'Connor, était médecin à la fabrique de salaisons et d'autres, qu'il était dresseur ou guide du département du Salto. Il habitait avec sa mère, à deux pas de la propriété des Lauriers.

En 85 et en 86, nous passâmes l'été à Montevideo. En 87, je retournai à Fray Bentos. Naturellement, je demandai des nouvelles de toutes les connaissances et, finalement, du « chronométrique Funes ». On me répondit qu'il avait été renversé par un cheval demi-sauvage, dans l'estancia de San Francisco, et qu'il était devenu irrémédiablement infirme. Je me rappelle l'impression magique, gênante que cette nouvelle me produisit : la seule fois que je l'avais vu, nous venions à cheval de San Francisco, et il marchait sur un lieu élevé ; le fait, raconté par mon cousin Bernardo, tenait beaucoup du rêve élaboré avec des éléments antérieurs. On me dit qu'il ne quittait pas son lit, les yeux fixés sur le figuier du fond ou sur une toile d'araignée. Au crépuscule, il permettait qu'on l'approchât de la fenêtre. Il poussait l'orgueil au point de se comporter comme si le coup qui l'avait foudroyé était bienfaisant... Je le vis deux fois derrière la grille qui accentuait grossièrement sa condition d'éternel prisonnier : une fois, immobile, les yeux fermés ; une autre, immobile aussi, plongé dans la contemplation d'un brin odorant de santonine.

À cette époque j'avais commencé, non sans quelque fatuité, l'étude méthodique du latin. Ma valise incluait le *De viris illustribus* de Lhomond, le *Thesaurus* de Quicherat, les commentaires de Jules César et un volume dépareillé de la *Naturalis historia* de Pline, qui dépassait (et dépasse encore) mes modestes connaissances de latiniste. Tout s'ébruite dans un petit village : Ireneo, dans son ranch des faubourgs, ne tarda pas à être informé de l'arrivage de ces livres singuliers. Il m'adressa une lettre fleurie et cérémonieuse dans laquelle il me rappelait notre rencontre, malheureusement fugitive, « du 7 février 84 » ; il vantait les glorieux services que don Gregorio Haedo, mon oncle, décédé cette même année, « avait rendus à nos deux patries dans la vaillante bataille d'Ituzaingó » et sollicitait le prêt de l'un quelconque de mes livres, accompagné d'un dictionnaire « pour la bonne intelligence du texte original, car j'ignore encore le latin ». Il promettait de les rendre en bon état, presque immédiatement. L'écriture était parfaite, très déliée ; l'orthographe, du type préconisé par André Bello : *i* pour *y*, *j* pour *g*. Au début, naturellement, je craignis une plaisanterie. Mes cousins m'assurèrent que non, que cela faisait partie des bizarreries d'Ireneo. Je ne sus pas s'il fallait attribuer à de l'effronterie, de l'ignorance ou de la stupidité l'idée que le latin ardu ne demandait pas d'autre instrument qu'un dictionnaire ; pour le détromper pleinement je lui envoyai le *Gradus ad Parnassum* de Quicherat et l'ouvrage de Pline.

Le 14 février un télégramme de Buenos Aires m'enjoignait de rentrer immédiatement, car mon père n'était « pas bien du tout ». Dieu me pardonne ; le prestige que me valut le fait d'être le destinataire d'un télégramme urgent, le désir de communiquer à tout Fray Bentos la contradiction entre la forme négative de la nouvelle et l'adverbe péremptoire, la tentation de dramatiser ma douleur en feignant un stoïcisme viril, durent me distraire de toute possibilité de douleur. En faisant ma valise, je remarquai que le *Gradus* et le premier tome de la *Naturalis historia* me manquaient. Le *Saturne* levait l'ancre le lendemain matin ; ce soir-là, après le dîner, je me rendis chez Funes. Je fus étonné de constater que la nuit était aussi lourde que le jour.

La mère de Funes me reçut dans le ranch bien entretenu.

Elle me dit qu'Ireneo était dans la pièce du fond, et de ne pas être surpris si je le trouvais dans l'obscurité, car Ireneo passait habituellement les heures mortes sans allumer la bougie. Je traversai le patio dallé, le petit couloir, j'arrivai dans le deuxième patio. Il y avait une treille ; l'obscurité put me paraître totale. J'entendis soudain la voix haute et moqueuse d'Ireneo. Cette voix parlait en latin ; cette voix (qui venait des ténèbres) articulait avec une traînante délectation un discours, une prière ou une incantation. Les syllabes romaines résonnèrent dans le patio de terre ; mon effroi les croyait indéchiffrables, interminables ; puis, dans l'extraordinaire dialogue de cette nuit, je sus qu'elles constituaient le premier paragraphe du vingt-quatrième chapitre du livre VII de la *Naturalis historia*. Le sujet de ce chapitre est la mémoire ; les derniers mots furent : *ut nihil non iisdem verbis redderetur auditum*.

Sans le moindre changement de voix, Ireneo me dit d'entrer. Il fumait dans son lit. Il me semble que je ne vis pas son visage avant l'aube ; je crois me rappeler la braise momentanée de sa cigarette. La pièce sentait vaguement l'humidité. Je m'assis ; je répétai l'histoire du télégramme et de la maladie de mon père.

J'en arrive maintenant au point le plus délicat de mon récit. Celui-ci (il est bon que le lecteur le sache maintenant) n'a pas d'autre sujet que ce dialogue d'il y a déjà un demi-siècle. Je n'essaierai pas d'en reproduire les mots, irrécupérables maintenant. Je préfère résumer véridiquement la foule de choses que me dit Ireneo. Le style indirect est lointain et faible ; je sais que je sacrifie l'efficacité de mon récit ; que mes lecteurs imaginent les périodes entrecoupées qui m'accablèrent cette nuit-là.

Ireneo commença par énumérer, en latin et en espagnol, les cas de mémoire prodigieuse consignés par la *Naturalis historia*. Cyrus, le roi des Perses, qui pouvait appeler par leur nom tous les soldats de ses armées ; Mithridate Eupator qui rendait la justice dans les vingt-deux langues de son empire ; Simonide, l'inventeur de la mnémotechnie ; Métrodore, qui professait l'art de répéter fidèlement ce qu'on avait entendu une seule fois. Il s'étonna avec une bonne foi évidente que de tels cas pussent surprendre. Il me dit qu'avant cette après-midi pluvieuse où il fut renversé par un cheval pie, il avait été ce que sont tous les chrétiens : un aveugle, un sourd, un écervelé, un oublieux. (J'essayai de lui rappeler sa perception exacte du temps, sa mémoire des noms propres ; il ne m'écouta pas.) Pendant dix-neuf ans il avait vécu comme dans un rêve : il regardait sans voir, il entendait sans entendre, il oubliait tout, presque tout. Dans sa chute, il avait perdu connaissance ; quand il était revenu à lui, le présent ainsi que les souvenirs les plus anciens et les plus banals étaient devenus intolérables à force de richesse et de netteté. Il s'aperçut peu après qu'il était infirme. Le fait l'intéressa à peine. Il estima (sentit) que l'immobilité n'était qu'un prix minime. Sa perception et sa mémoire étaient maintenant infaillibles.

D'un coup d'œil, nous percevons trois verres sur une table ; Funes, lui, percevait tous les rejets, les grappes et les fruits qui composent une treille. Il connaissait les formes des nuages austraux de l'aube du trente avril mil huit cent quatre-vingt-deux et pouvait les comparer au souvenir des marbrures d'un livre en papier espagnol qu'il n'avait regardé qu'une fois et aux lignes de l'écume soulevée par une rame sur le Rio Negro la veille du combat du Quebracho. Ces souvenirs n'étaient pas simples ; chaque image visuelle était liée à des sensations musculaires, thermiques, etc. Il pouvait reconstituer tous les rêves, tous les demi-rêves. Deux ou trois fois il avait reconstitué un jour entier ; il n'avait jamais hésité, mais chaque reconstitution avait demandé un jour entier. Il me dit : « J'ai à moi seul plus de souvenirs que n'en peuvent avoir eu tous les hommes depuis que le monde est monde » et aussi : « Mes rêves sont comme votre veille. » Et aussi, vers l'aube : « Ma mémoire, monsieur, est comme un tas d'ordures. » Une circonférence sur un tableau, un triangle rectangle, un losange, sont des formes que nous pouvons percevoir pleinement ; de même Ireneo percevait les crins embroussaillés d'un poulain, quelques têtes de bétail sur un coteau, le feu changeant et la cendre innom-

Funes ou la mémoire

brable, les multiples visages d'un mort au cours d'une longue veillée. Je ne sais combien d'étoiles il voyait dans le ciel.

Voilà les choses qu'il m'a dites ; ni alors ni depuis je ne les ai mises en doute. En ce temps-là il n'y avait pas de cinématographe ni de phonographe ; il est cependant invraisemblable et même incroyable que personne n'ait fait une expérience avec Funes. Ce qu'il y a de certain c'est que nous remettons au lendemain tout ce qui peut être remis ; nous savons peut-être profondément que nous sommes immortels et que, tôt ou tard, tout homme fera tout et saura tout.

La voix de Funes continuait à parler, du fond de l'obscurité.

Il me dit que vers 1886, il avait imaginé un système original de numération et qu'en très peu de jours il avait dépassé le nombre vingt-quatre mille. Il ne l'avait pas écrit, car ce qu'il avait pensé une seule fois ne pouvait plus s'effacer de sa mémoire. Il fut d'abord, je crois, conduit à cette recherche par le mécontentement que lui procura le fait que les Trente-Trois Orientaux exigeaient deux signes et deux mots, au lieu d'un seul mot et d'un seul signe. Il appliqua ensuite ce principe extravagant aux autres nombres. Au lieu de « sept mille treize », il disait (par exemple) « Maxime Pérez » ; au lieu de « sept mille quatorze », « le chemin de fer » ; d'autres nombres étaient « Luis Melian Lafinur », « Olimar », « soufre », trèfle, « la baleine », « le gaz », « la bouilloire », « Napoléon », « Augustin de Vedia ». Au lieu de « cinq cents » il disait « neuf ». Chaque mot avait un signe particulier, une sorte de marque ; les derniers étaient très compliqués… J'essayai de lui expliquer que cette rhapsodie de mots décousus était précisément le contraire d'un système de numération. Je lui dis que dire « trois cent soixante-cinq » c'était dire trois centaines, six dizaines, cinq unités : analyse qui n'existe pas dans les « nombres ». *Le Nègre Timothée* ou « couverture de viande ». Funes ne me comprit pas ou ne voulut pas me comprendre.

Locke, au XVIIe siècle, postula (et réprouva) une langue impossible dans laquelle chaque chose individuelle, chaque pierre, chaque oiseau et chaque branche aurait eu un nom propre ; Funes projeta une fois une langue analogue mais il la rejeta parce qu'elle lui semblait trop générale, trop ambiguë. En effet, non seulement Funes se rappelait chaque feuille de chaque arbre de chaque bois, mais chacune des fois qu'il l'avait vue ou imaginée. Il décida de réduire chacune de ses journées passées à quelque soixante-dix mille souvenirs, qu'il définirait ensuite par des chiffres. Il en fut dissuadé par deux considérations : la conscience que la besogne était interminable, la conscience qu'elle était inutile. Il pensa qu'à l'heure de sa mort il n'aurait pas fini de classer tous ses souvenirs d'enfance.

Les deux projets que j'ai indiqués (un vocabulaire infini pour la série naturelle des nombres, un inutile catalogue mental de toutes les images du souvenir) sont insensés, mais révèlent une certaine grandeur balbutiante. Ils nous laissent entrevoir ou déduire le monde vertigineux de Funes. Celui-ci, ne l'oublions pas, était presque incapable d'idées générales, platoniques. Non seulement il lui était difficile de comprendre que le symbole générique « chien » embrassât tant d'individus dissemblables et de formes diverses ; cela le gênait que le chien de 3 h 14 (vu de profil) eût le même nom que le chien de 3 h un quart (vu de face). Son propre visage dans la glace, ses propres mains, le surprenaient chaque fois. Swift raconte que l'empereur de Lilliput discernait le mouvement de l'aiguille des minutes ; Funes discernait continuellement les avances tranquilles de la corruption, des caries, de la fatigue. Il remarquait les progrès de la mort, de l'humidité. Il était le spectateur solitaire et lucide d'un monde multiforme, instantané et presque intolérablement précis. Babylone, Londres et New York ont accablé d'une splendeur féroce l'imagination des hommes ; personne, dans leurs tours populeuses ou leurs avenues urgentes, n'a senti la chaleur et la pression d'une réalité aussi infatigable que celle qui jour et nuit convergeait sur le malheureux Ireneo, dans son pauvre faubourg sud-américain. Il lui était très difficile de dormir. Dormir c'est se distraire du monde ; Funes, allongé dans son lit, dans l'ombre, se représentait chaque fissure et chaque moulure des maisons précises qui l'entouraient. (Je répète que le moins important de ses souvenirs était plus minutieux et plus vif que notre perception d'une jouissance ou d'un supplice physique.)

Vers l'est, dans une partie qui ne constituait pas encore un pâté de maisons, il y avait des bâtisses neuves, inconnues. Funes les imaginait noires, compactes, faites de ténèbres homogènes ; il tournait la tête dans leur direction pour dormir. Il avait aussi l'habitude de s'imaginer dans le fond du fleuve, bercé et annulé par le courant.

Il avait appris sans effort l'anglais, le français, le portugais, le latin. Je soupçonne cependant qu'il n'était pas très capable de penser. Penser c'est oublier des différences, c'est généraliser, abstraire. Dans le monde surchargé de Funes il n'y avait que des détails, presque immédiats.

La clarté craintive de l'aube entra par le patio de terre.

Je vis alors le visage de la voix qui avait parlé toute la nuit. Ireneo avait dix-neuf ans ; il était né en 1868 ; il me parut monumental comme le bronze, plus ancien que l'Égypte, antérieur aux prophéties et aux pyramides. Je pensai que chacun de mes mots (que chacune de mes attitudes) demeurerait dans son implacable mémoire ; je fus engourdi par la crainte de multiplier des gestes inutiles.

Ireneo Funes mourut en 1889, d'une congestion pulmonaire.

La forme de l'épée

Une balafre rancunière lui sillonnait le visage : arc gris cendré et presque parfait qui d'un côté lui flétrissait la tempe et de l'autre la pommette. Son vrai nom n'importe guère ; à Tacuarembo on l'appelait l'Anglais de la *Colorada*. Cardoso, le propriétaire de ces terres, ne voulait pas vendre ; j'ai entendu dire que l'Anglais avait eu recours à un argument imprévisible : il lui avait confié l'histoire secrète de sa cicatrice. L'Anglais venait de la frontière, de Rio Grande do Sul ; il se trouva des gens pour dire qu'il avait été contrebandier au Brésil. Les terres étaient en friche ; les eaux, amères ; l'Anglais, pour remédier à ces déficiences, travailla autant que ses péons. On dit qu'il était sévère jusqu'à la cruauté, mais scrupuleusement juste. On dit aussi qu'il buvait : plusieurs fois l'an il s'enfermait dans la pièce du mirador et en émergeait deux ou trois jours plus tard comme d'une bataille ou d'un vertige, pâle, tremblant, effaré et aussi autoritaire qu'auparavant. Je me rappelle son regard glacial, sa maigreur énergique, sa moustache grise. Il ne fréquentait personne ; il est vrai que son espagnol était rudimentaire et mêlé de brésilien. En dehors de quelques lettres commerciales ou de quelques brochures il ne recevait pas de correspondance.

La dernière fois que je parcourus les départements du Nord, une crue de la rivière Caraguata m'obligea à passer la nuit à la *Colorada*. Au bout de quelques minutes je crus remarquer que mon apparition était inopportune ; j'essayai de gagner les bonnes grâces de l'Anglais ; j'eus recours à la moins perspicace des passions : le patriotisme. Je dis qu'un pays ayant l'esprit de l'Angleterre était invincible. Mon interlocuteur acquiesça, mais il ajouta avec un sourire qu'il n'était pas anglais. Il était irlandais de Dungarvan. Cela dit, il s'arrêta comme s'il avait révélé un secret.

Après le dîner nous sortîmes pour regarder le ciel. Il s'était éclairci, mais derrière les coteaux, le Sud, fendillé et zébré d'éclairs, tramait un autre orage. Dans la salle à manger délabrée, le péon qui avait servi le dîner apporta une bouteille de rhum. Nous bûmes longuement, en silence.

J'ignore l'heure qu'il était quand je remarquai que j'étais ivre ; je ne sais quelle inspiration, quelle exultation ou quel dégoût me fit parler de la cicatrice. Le visage de l'Anglais s'altéra ; pendant quelques secondes je pensai qu'il allait me mettre à la porte. À la fin il me dit de sa voix habituelle :

« Je vous raconterai l'histoire de ma blessure à

une condition : je n'en atténuerai ni l'opprobre ni les circonstances infamantes. »

J'acquiesçai. Voici l'histoire qu'il raconta en faisant alterner l'anglais et l'espagnol et même le portugais.

« Vers 1922, dans une des villes du Connaught, j'étais un des nombreux Irlandais qui conspiraient pour l'indépendance de leur pays. Quelques-uns de mes compagnons survivants se sont consacrés à des besognes pacifiques ; d'autres, paradoxalement, se battent sur les mers et dans le désert, sous les couleurs anglaises ; un autre, celui qui avait le plus de valeur, mourut dans la cour d'une caserne, à l'aube, fusillé par des hommes à moitié endormis ; d'autres (non les plus malheureux) furent entraînés par leur destin dans les batailles anonymes et presque secrètes de la guerre civile. Nous étions républicains, catholiques ; nous étions, je le présume, romantiques. L'Irlande n'était pas seulement pour nous l'avenir utopique et l'intolérable présent ; elle était une mythologie amère et affectueuse, les tours circulaires et les marais rouges, le renvoi de Parnell et les immenses épopées qui chantent les taureaux volés qui dans une autre incarnation avaient été des héros et dans une autre des poissons et des montagnes... À la fin d'un après-midi que je n'oublierai jamais, arriva un affilié de Munster : un certain John Vincent Moon.

« Il avait à peine vingt ans. Il était maigre et flasque à la fois ; il donnait l'impression désagréable d'être invertébré. Il avait étudié avec ferveur et fatuité presque toutes les pages de je ne sais quel manuel communiste ; le matérialisme dialectique lui servait à trancher n'importe quelle discussion. Les raisons qu'un homme peut avoir pour en haïr un autre ou l'aimer sont infinies. Moon réduisait l'histoire universelle à un sordide conflit économique. Il affirmait que la révolution était prédestinée à triompher. Je lui dis qu'un *gentleman* ne peut s'intéresser qu'à des causes perdues... Il faisait déjà nuit ; nous continuâmes à être en désaccord dans le couloir, dans les escaliers, puis dans les rues vagues. Les jugements de Moon m'impressionnèrent moins que le ton apodictique intransigeant. Le nouveau camarade ne discutait pas, il décrétait avec dédain et avec une certaine colère.

« Quand nous arrivâmes aux dernières maisons, une brusque fusillade nous assourdit. (Avant ou après, nous longeâmes le mur aveugle d'une usine ou d'une caserne.) Nous pénétrâmes dans une rue en terre ; un soldat, énorme dans la lueur, surgit d'une cabane incendiée. Il nous cria de nous arrêter. Je pressai le pas ; mon camarade ne me suivit pas. Je me retournai : John Vincent Moon était immobile, fasciné et comme éternisé par la terreur. Alors je revins sur mes pas, j'abattis le soldat d'un seul coup, je secouai Vincent Moon, je l'insultai et lui ordonnai de me suivre. Je dus le prendre par le bras ; l'émotion et la peur le paralysaient. Nous prîmes la fuite dans la nuit trouée d'incendies. Une décharge de coups de feu nous chercha ; une balle frôla l'épaule droite de

Moon ; celui-ci, pendant que nous fuyions entre des pins, se mit à sangloter doucement.

« En cet automne 1922 je m'étais réfugié dans la propriété du général Berkeley. Ce dernier (que je n'avais jamais vu) remplissait je ne sais quelle fonction administrative au Bengale ; l'édifice avait moins d'un siècle mais il était délabré et opaque et abondait en couloirs perplexes et en vaines antichambres. Le musée et l'énorme bibliothèque usurpaient le rez-de-chaussée : livres incompatibles de controverses qui sont en quelque sorte l'histoire du XIXe siècle ; cimeterres de Nichapour, sur les arcs de cercle arrêtés desquels semblaient s'éterniser le vent et la violence de la bataille. Nous entrâmes (je crois) par-derrière. Moon, la bouche tremblante et sèche, murmura que les épisodes de la nuit étaient intéressants ; je lui fis un pansement, je lui apportai une tasse de thé ; je pus constater que sa "blessure" était superficielle. Soudain, il balbutia, perplexe :

« "Mais vous vous êtes sensiblement exposé."

« Je lui dis de ne pas s'inquiéter. (L'habitude de la guerre civile m'avait poussé à agir comme je l'avais fait ; d'ailleurs, la capture d'un seul affilié pouvait compromettre notre cause.)

« Le lendemain, Moon avait retrouvé son aplomb. Il accepta une cigarette et me soumit à un sévère interrogatoire sur les "ressources économiques de notre parti révolutionnaire". Ses questions étaient très lucides ; je lui dis (c'était vrai) que la situation était grave. De profondes fusillades ébranlèrent le Sud. Je dis à Moon que nos compagnons nous attendaient. Mon pardessus et mon revolver étaient dans ma chambre ; quand je revins, je trouvai Moon allongé sur le sofa, les yeux fermés. Il supposa qu'il avait la fièvre ; il prétexta un spasme douloureux dans l'épaule.

« Je compris alors que sa lâcheté était irrémédiable. Je le priai gauchement de se soigner et pris congé. Cet homme apeuré me faisait honte comme si c'était moi le lâche et non Vincent Moon. Ce que fait un homme c'est comme si tous les hommes le faisaient. Il n'est donc pas injuste qu'une désobéissance dans un jardin ait pu contaminer l'humanité ; il n'est donc pas injuste que le crucifiement d'un seul juif ait suffi à la sauver. Schopenhauer a peut-être raison : je suis les autres, n'importe quel homme est tous les hommes. Shakespeare est en quelque sorte le misérable John Vincent Moon.

« Nous passâmes neuf jours dans l'énorme demeure du général. Je ne dirai rien des agonies et des éclats de la guerre : mon dessein est de raconter l'histoire de cette cicatrice qui m'outrage. Ces neuf jours, dans mon souvenir, n'en font qu'un seul, sauf l'avant-dernier, quand les nôtres firent irruption dans une caserne et que nous pûmes venger exactement les seize camarades mitraillés à Elphin. Je me glissai hors de la maison à l'aube, dans la confusion du crépuscule. À la tombée de la nuit j'étais de retour. Mon compagnon m'attendait au premier étage : sa blessure ne lui permettait pas de descendre au rez-de-chaussée. Je le revois, avec un livre de stratégie à la main : F. N. Maude ou Clausewitz. "L'arme que je préfère c'est l'artillerie", m'avouat-il une nuit. Il cherchait à connaître nos plans ; il aimait les critiquer ou les réformer. Il dénonçait souvent aussi notre "déplorable base économique" ; dogmatique et sombre, il prophétisait une fin désastreuse : "C'est une affaire flambée*[1]", murmurait-il. Pour montrer qu'il lui était indifférent d'être physiquement un lâche, il exaltait son orgueil mental. Ainsi passèrent neuf jours, tant bien que mal.

« Le dixième, la ville tomba définitivement aux mains des *Black and Tans*. De grands cavaliers silencieux patrouillaient sur les routes ; il y avait des cendres et de la fumée dans le vent ; à un coin de rue je vis un cadavre étendu, moins tenace dans mon souvenir qu'un mannequin sur lequel les soldats s'exerçaient interminablement à tirer, au milieu de la place... Sorti quand l'aube était dans le ciel, je rentrai avant midi. Moon, dans la bibliothèque, parlait avec quelqu'un ; le ton de sa voix me fit comprendre qu'il téléphonait. Puis j'entendis mon nom ; puis, que je rentrai à sept heures ; puis l'indication qu'il fallait m'arrêter quand je traverserais le jardin. Mon raisonnable ami était en train de me vendre raisonnablement. Je l'entendis exiger des garanties de sécurité personnelle.

---

1. Les mots ou expressions suivis d'un astérisque sont en français dans le texte.

« Ici mon histoire devient confuse et s'égare. Je sais que je poursuivis le délateur à travers de noirs corridors cauchemardesques et de profonds escaliers vertigineux. Moon connaissait très bien la maison, sensiblement mieux que moi. Je le perdis une fois ou deux. Je l'acculai avant que les soldats m'eussent arrêté. J'arrachai un cimeterre à l'une des panoplies du général ; avec ce croissant d'acier j'imprimai pour toujours sur son visage un croissant de sang. Borges, je vous ai fait cette confession à vous, un inconnu. Votre mépris ne m'est pas si douloureux. »

Ici le narrateur s'arrêta. Je remarquai que ses mains tremblaient.

« Et Moon ? demandai-je.

— Il toucha les deniers de Judas et s'enfuit au Brésil. Cet après-midi-là, sur la place, je vis des ivrognes fusiller un mannequin. »

J'attendis vainement la suite de l'histoire. À la fin je lui dis de poursuivre.

Alors un gémissement le parcourut : alors il me montra avec une faible douceur la cicatrice courbe et blanchâtre.

« Vous ne me croyez pas ? balbutia-t-il. Ne voyez-vous pas que la marque de mon infamie est écrite sur ma figure ? Je vous ai raconté l'histoire de cette façon pour que vous l'écoutiez jusqu'à la fin. J'ai dénoncé l'homme qui m'avait protégé : je suis Vincent Moon. Maintenant, méprisez-moi. »

1942.

La mort et la boussole

À Mandie Molina Vedia

Des nombreux problèmes qui exercèrent la téméraire perspicacité de Lönnrot, aucun ne fut aussi étrange — aussi rigoureusement étrange, dirons-nous — que la série périodique de meurtres qui culminèrent dans la propriété de Triste-Le-Roy, parmi l'interminable odeur des eucalyptus. Il est vrai qu'Erik Lönnrot ne réussit pas à empêcher le dernier crime, mais il est indiscutable qu'il l'avait prévu. Il ne devina pas davantage l'identité du malheureux assassin de Yarmolinsky, mais il devina la secrète morphologie de la sombre série et la participation de Red Scharlach, dont le second surnom est Scharlach le Dandy. Ce criminel (comme tant d'autres) avait juré sur son honneur la mort de Lönnrot, mais celui-ci ne s'était jamais laissé intimider. Lönnrot se croyait un pur raisonneur, un Auguste Dupin, mais il y avait en lui un peu de l'aventurier et même du joueur.

Le premier crime eut lieu à l'hôtel du Nord*, ce prisme élevé qui domine l'estuaire dont les eaux ont la couleur du désert. Dans cette tour (qui réunit très notoirement la blancheur haïssable d'une clinique, la divisibilité numérotée d'une prison et l'apparence générale d'une maison close), arriva le 3 décembre le délégué de Podolsk au Troisième congrès talmudique, le professeur Marcel Yarmolinsky, homme à la barbe grise et aux yeux gris. Nous ne saurons jamais si l'hôtel du Nord lui plut ; il l'accepta avec l'antique résignation qui lui avait permis de tolérer trois ans de guerre dans les Karpathes et trois mille ans d'oppression et de pogroms. On lui donna une chambre à l'étage R, en face de la suite* qu'occupait, non sans éclat, le tétrarque de Galilée. Yarmolinsky dîna, remit au jour suivant l'examen de la ville inconnue, rangea dans un placard* ses nombreux livres et ses rares vêtements et, avant minuit, éteignit la lumière. (Cela, d'après le chauffeur* du tétrarque, qui dormait dans la pièce contiguë.) Le 4, à 11 h 3 mn du matin, il fut appelé au téléphone par un rédacteur de la *Yiddische Zeitung* ; le professeur Yarmolinsky ne répondit pas ; on le trouva dans sa chambre, le visage déjà légèrement noir, presque nu sous une grande cape anachronique. Il gisait non loin de la porte qui donnait sur le couloir ; un coup de poignard profond lui avait ouvert la poitrine. Quelques heures plus tard, dans la même pièce, le commissaire Treviranus et Lönnrot débattaient calmement le problème au milieu des journalistes, des photographes et des gendarmes.

« Pas besoin de chercher midi à 14 heures »,

disait Treviranus, en brandissant un cigare impérieux. « Nous savons tous que le tétrarque de Galilée possède les plus beaux saphirs du monde. Pour les voler quelqu'un aura pénétré ici par erreur. Yarmolinsky s'est levé ; le voleur a été obligé de le tuer. Qu'en pensez-vous ?

— Possible, mais sans intérêt, répondit Lönnrot. Vous répliquerez que la réalité n'est pas forcée le moins du monde d'être intéressante. Je vous répliquerai que la réalité peut faire abstraction de cette obligation, mais nullement une hypothèse. Dans celle que vous avez improvisée, intervient copieusement le hasard. Voici un rabbin mort ; je préférerais une explication purement rabbinique, aux imaginaires tribulations d'un imaginaire voleur. »

Treviranus répliqua avec humeur :

« Les explications rabbiniques ne m'intéressent pas ; ce qui m'intéresse c'est la capture de l'homme qui a poignardé cet inconnu.

— Pas si inconnu que ça, corrigea Lönnrot. Voici ses œuvres complètes. » Il montra dans le « placard » une rangée de grands volumes : une *Défense de la kabbale*, un *Examen de la philosophie de Robert Flood* ; une traduction littérale du *Sepher Yezirah* ; une *Biographie du Baal Shem* ; une *Histoire de la secte des hasidim* ; une monographie (en allemand) sur le Tetragrammaton ; une autre sur la nomenclature divine du Pentateuque. Le commissaire les regarda avec crainte, presque avec répugnance. Puis, il se mit à rire.

« Je suis un pauvre chrétien, répondit-il. Emportez tous ces bouquins, si vous voulez ; je n'ai pas de temps à perdre à des superstitions juives.

— Peut-être ce crime appartient-il à l'histoire des superstitions juives, murmura Lönnrot.

— Comme le christianisme », se risqua à compléter le rédacteur de la *Yiddische Zeitung*. Il était myope, athée et très timide.

Personne ne lui répondit. Un des agents avait trouvé dans la petite machine à écrire une feuille de papier avec cette phrase inachevée : « La première lettre du Nom a été articulée. »

Lönnrot se garda de sourire. Brusquement bibliophile ou hébraïste, il fit empaqueter les livres du mort et les emporta dans son appartement. Indifférent à l'enquête de la police, il se mit à les étudier. Un grand in-octavo lui révéla les enseignements d'Israël Baal Shem Tobh, fondateur de la secte des dévots ; un autre, les vertus et terreurs du Tetragrammaton, c'est-à-dire l'ineffable Nom de Dieu ; un autre, la thèse selon laquelle Dieu a un nom secret, dans lequel est résumé (comme dans la sphère de cristal que les Perses attribuent à Alexandre de Macédoine) son neuvième attribut, l'éternité — c'est-à-dire la connaissance immédiate de toutes les choses qui seront, qui sont et qui ont été dans l'univers. La tradition énumère quatre-vingt-dix-neuf noms de Dieu ; les hébraïstes attribuent ce nombre imparfait à la crainte magique des nombres pairs ; les

Hasidim estiment que ce hiatus indique un centième nom — le Nom Absolu.

Peu de jours plus tard, il fut distrait de ces recherches érudites par l'apparition du rédacteur de la *Yiddische Zeitung*. Celui-ci voulait parler de l'assassinat ; Lönnrot préféra parler des divers noms de Dieu ; le journaliste déclara en trois colonnes que l'investigateur Erik Lönnrot s'était mis à étudier les noms de Dieu pour trouver le nom de l'assassin. Lönnrot, habitué aux simplifications du journalisme, ne s'indigna pas. Un de ces boutiquiers qui ont découvert que n'importe quel homme se résigne à acheter n'importe quel livre publia une édition populaire de l'*Histoire de la secte des hasidim*.

Le deuxième crime eut lieu dans la nuit du 3 janvier, dans le plus abandonné et le plus vide des faubourgs déserts de l'ouest de la ville. À l'aube, un des gendarmes qui surveillent à cheval ces solitudes vit sur le seuil d'une vieille boutique de marchand de couleurs un homme étendu, enveloppé dans un poncho. Le visage dur était comme masqué de sang ; un coup de poignard profond lui avait déchiré la poitrine. Sur le mur, au-dessus des losanges jaunes et rouges, il y avait quelques mots à la craie. Le gendarme les épela... Cet après-midi-là, Treviranus et Lönnrot se dirigèrent vers le lointain théâtre du crime. À gauche et à droite de l'automobile, la ville se désintégrait ; le firmament croissait et les maisons perdaient de leur importance au profit d'un four en briques ou d'un peuplier. Ils arrivèrent au pauvre terme de leur voyage : un cul-de-sac final aux murs roses en torchis qui semblaient refléter en quelque sorte le coucher de soleil démesuré. Le mort avait déjà été identifié. C'était Daniel Simon Azevedo, homme renommé dans les anciens faubourgs du Nord, qui de charretier avait été promu au rang de bravache électoral, pour dégénérer ensuite en voleur, et même en délateur. (Le style singulier de sa mort leur parut adéquat ; Azevedo était le dernier représentant d'une génération de bandits qui connaissait le maniement du poignard, mais non du revolver.) Les mots à la craie étaient les suivants :

« La deuxième lettre du Nom a été articulée. »

Le troisième crime eut lieu la nuit du 3 février. Peu avant une heure, le téléphone retentit dans le bureau du commissaire Treviranus. Un homme à la voix gutturale parla avec d'avides précautions ; il dit qu'il s'appelait Ginzberg (ou Ginzburg) et qu'il était disposé à communiquer, moyennant une rémunération raisonnable, les faits des deux sacrifices d'Azevedo et de Yarmolinsky. Une discorde de coups de sifflets et de coups de trompettes étouffa la voix du délateur. Puis, la communication fut coupée. Sans repousser encore la possibilité d'une plaisanterie (tout compte fait on était en carnaval), Treviranus découvrit qu'on lui avait parlé de Liverpool House, cabaret de la rue de Toulon — cette rue saumâtre où se côtoient le cosmorama et la laiterie, le bordel et les marchands de bibles. Treviranus parla avec le patron. Celui-ci (Black

Finnegan, ancien criminel irlandais, accablé et presque annulé par l'honnêteté) lui dit que la dernière personne à s'être servie du téléphone de la maison était un locataire, un certain Gryphius, qui venait de sortir avec des amis. Treviranus alla immédiatement à Liverpool House. Le patron lui communiqua ce qui suit: huit jours auparavant, Gryphius avait pris une pièce dans les combles du bar. C'était un homme aux traits anguleux, à la nébuleuse barbe grise, habillé pauvrement de noir; Finnegan (qui destinait cette chambre à un usage que devina Treviranus) lui demanda un prix de location sans doute excessif; Gryphius paya immédiatement la somme stipulée. Il ne sortait presque jamais; il dînait et déjeunait dans sa chambre; à peine connaissait-on son visage, dans le bar. Cette nuit-là, il était descendu pour téléphoner dans le bureau de Finnegan. Un coupé fermé s'était arrêté devant le cabaret. Le cocher n'avait pas quitté son siège; quelques clients se rappelèrent qu'il avait un masque d'ours. Deux arlequins étaient descendus du coupé; ils étaient de petite taille; et personne ne put manquer de s'apercevoir qu'ils étaient fort ivres. À grand renfort de bêlements de trompettes, ils avaient fait irruption dans le bureau de Finnegan; ils avaient embrassé Gryphius qui eut l'air de les reconnaître, mais qui leur répondit froidement; ils avaient échangé quelques mots en yiddish — lui à voix basse, gutturale, eux avec des voix de fausset, aiguës — et ils étaient montés dans la pièce du fond. Au bout d'un quart d'heure, ils étaient redescendus tous les trois, très contents; Gryphius, vacillant, paraissait aussi ivre que les autres. Grand et vertigineux, il marchait au milieu, entre les arlequins masqués. (Une des femmes du bar se rappela les losanges jaunes, rouges et verts.) Il avait trébuché deux fois; deux fois les arlequins l'avaient retenu. Les trois hommes étaient montés dans le coupé et avaient disparu en prenant la direction du bassin voisin, à l'eau rectangulaire. Déjà sur le marchepied du coupé, le dernier arlequin avait griffonné un dessin obscène et une phrase sur une des ardoises des arcades.

Treviranus vit la phrase. Elle était presque prévisible. Elle disait:

« La dernière des lettres du Nom a été articulée. »

Il examina ensuite la petite chambre de Gryphius-Ginzberg. Il y avait par terre une brusque étoile de sang; dans les coins, des restes de cigarettes de marque hongroise; dans une armoire, un livre en latin — le *Philologus hebraeo-graecus* (1739) de Leusden — avec plusieurs notes manuscrites. Treviranus le regarda avec indignation et fit chercher Lönnrot. Sans ôter son chapeau, celui-ci se mit à lire, pendant que le commissaire interrogeait les témoins contradictoires de l'enlèvement possible. À quatre heures, ils sortirent. Dans la tortueuse rue de Toulon, quand ils foulaient les serpentins morts de l'aube, Treviranus dit:

« Et si l'histoire de cette nuit était un simulacre? »

Erik Lönnrot sourit et lui lut très gravement un passage (qui était souligné) de la trente-troisième dissertation du *Philologus* : « *Dies Judaeorum incipit a solis occasu usque ad solis occasum diei sequentis.* Ce qui veut dire, ajouta-t-il : "Le jour hébreu commence au coucher du soleil et dure jusqu'au coucher de soleil suivant." »

L'autre essaya une ironie :

« C'est le renseignement le plus précieux que vous ayez recueilli cette nuit ?

— Non. Plus précieux est un mot dit par Ginzberg. »

Les journaux du soir ne négligèrent pas ces disparitions périodiques. *La Croix de l'Épée* les opposa à l'admirable discipline et à l'ordre du dernier Congrès érémitique ; Ernst Palast, dans *Le Martyr*, réprouva « les lenteurs intolérables d'un pogrom clandestin et frugal qui a besoin de trois mois pour liquider trois juifs » ; la *Yiddische Zeitung* repoussa l'hypothèse horrible d'un complot antisémite, « bien que beaucoup d'esprits pénétrants n'admettent pas d'autre solution au triple mystère » ; le plus illustre des manieurs de pistolet du Sud, Dandy Red Scharlach, jura que, dans son district, de tels crimes ne se produiraient jamais et accusa de négligence coupable le commissaire Franz Treviranus.

Dans la nuit du premier mars, celui-ci reçut une imposante enveloppe timbrée. Il l'ouvrit ; l'enveloppe contenait une lettre signée Baruj Spinoza et un plan minutieux de la ville, visiblement arraché à un Baedeker. La lettre prophétisait que, le

3 mars, il n'y aurait pas de quatrième crime, car la boutique du marchand de couleurs de l'ouest, le cabaret de la rue de Toulon et l'Hôtel du Nord étaient « les sommets parfaits d'un triangle équilatéral et mystique » ; le plan démontrait à l'encre rouge la régularité de ce triangle. Treviranus lut avec résignation cet argument *more geometrico* et envoya la lettre et le plan chez Lönnrot, qui méritait indiscutablement ces folies.

Erik Lönnrot les étudia. Les trois lieux, en effet, étaient équidistants. Symétrie dans le temps (3 décembre, 3 janvier, 3 février) ; symétrie dans l'espace, aussi... Il sentit, tout à coup, qu'il était sur le point de déchiffrer le mystère. Un compas et une boussole complétèrent cette brusque intuition. Il sourit, prononça le mot *Tetragrammaton* (d'acquisition récente) et téléphona au commissaire. Il lui dit :

« Merci de ce triangle équilatéral que vous m'avez envoyé hier soir. Il m'a permis de résoudre le problème. Demain vendredi les criminels seront en prison ; nous pouvons être tranquilles.

— Alors, ils ne projettent pas un quatrième crime ?

— C'est précisément parce qu'ils projettent un quatrième crime que nous pouvons être tranquilles. » Lönnrot raccrocha. Une heure plus tard, il était dans un train des Chemins de Fer du Midi, et roulait vers la propriété abandonnée de Triste-le-Roy. Au sud de la ville de mon récit, coule un ruisseau aveugle aux eaux fangeuses, outragé de tanneries et d'ordures. De l'autre côté, il y a un faubourg ouvrier où, sous la protection d'un chef de bande barcelonais, prospèrent les manieurs de pistolet. Lönnrot sourit en pensant que le plus renommé — Red Scharlach — aurait donné n'importe quoi pour connaître cette visite clandestine. Azevedo avait été le compagnon de Scharlach. Lönnrot envisagea la lointaine possibilité que la quatrième victime fût Scharlach. Puis, il la rejeta... Virtuellement, il avait déchiffré le problème; les pures circonstances, la réalité (noms, arrestations, visages, voies judiciaires et pénales) l'intéressaient à peine maintenant. Il voulait se promener, il voulait se reposer de trois mois d'enquête sédentaire. Il réfléchit : l'explication des crimes tenait dans un triangle anonyme et dans un poussiéreux mot grec. Le mystère lui parut presque cristallin ; il eut honte de lui avoir consacré cent jours.

Le train s'arrêta dans une silencieuse gare de marchandises. Lönnrot descendit. C'était un de ces après-midi déserts, à l'apparence d'aubes. L'air de la plaine trouble était humide et froid. Lönnrot s'en alla à travers la campagne. Il vit des chiens, il vit un fourgon sur une voie morte, il vit l'horizon, il vit un cheval argenté qui buvait l'eau crapuleuse d'une mare. La nuit tombait quand il vit le mirador rectangulaire de la villa de Triste-le-Roy, presque aussi haut que les noirs eucalyptus qui l'entouraient. Il pensa qu'à peine une aurore et un couchant (une vieille lueur à l'orient et une autre à l'occident) le séparaient de l'heure anxieusement attendue par les chercheurs du Nom.

Une grille rouillée définissait le périmètre irrégulier de la propriété. Le portail principal était fermé. Lönnrot, sans grand espoir d'entrer, en fit tout le tour. De nouveau devant le portail infranchissable, il avança la main entre les barreaux, presque machinalement, et trouva la targette. Le grincement du fer le surprit. Avec une passivité laborieuse, le portail tout entier céda.

Lönnrot avança entre les eucalyptus, marchant sur des générations confondues de feuilles raides déchirées. Vue de près, la propriété de Triste-le-Roy abondait en symétries inutiles et en répétitions maniaques : à une Diane glaciale dans une niche sombre correspondait une autre Diane dans une seconde niche ; un balcon se reflétait dans un autre balcon ; un double perron s'ouvrait en une double balustrade. Un Hermès à deux faces projetait une ombre monstrueuse. Lönnrot fit le tour de la maison comme il avait fait le tour de la propriété. Il examina tout ; sous le niveau de la terrasse, il vit une étroite persienne. Il la poussa : quelques marches de marbre descendaient dans une cave. Lönnrot, qui avait déjà l'intuition des préférences de l'architecte, devina que dans le mur opposé de la cave, il y avait d'autres marches. Il les trouva, monta, éleva les mains et ouvrit la trappe de sortie.

Une lueur le guida à une fenêtre. Il l'ouvrit : une lune jaune et circulaire définissait dans le jardin triste deux fontaines obstruées. Lönnrot explora la maison. Par des offices et des galeries, il sortit dans des cours semblables et à plusieurs reprises dans la même cour. Il monta par des escaliers poussiéreux à des antichambres circulaires ; il se multiplia à l'infini dans des miroirs opposés ; il se fatigua à ouvrir et à entrouvrir des fenêtres qui lui révélaient, au-dehors, le même jardin désolé, vu de différentes hauteurs et sous différents angles ; à l'intérieur, des meubles couverts de housses jaunes et des lustres emballés dans de la tarlatane. Une chambre à coucher l'arrêta ; dans cette chambre, une seule fleur et une coupe de porcelaine : au premier frôlement, les vieux pétales s'effritèrent. Au second étage, le dernier, la maison lui parut infinie et croissante : « La maison n'est pas si grande, pensa-t-il. Elle est agrandie par la pénombre, la symétrie, les miroirs, l'âge, mon dépaysement, la solitude. »

Par un escalier en spirale, il arriva au mirador. La lune ce soir-là traversait les losanges des fenêtres ; ils étaient jaunes, rouges et verts. Il fut arrêté par un souvenir stupéfiant et vertigineux.

Deux hommes de petite taille, féroces et trapus, se jetèrent sur lui et le désarmèrent ; un autre, très grand, le salua gravement et lui dit :

« Vous êtes bien aimable. Vous nous avez épargné une nuit et un jour. »

C'était Red Scharlach. Les hommes lièrent les mains de Lönnrot. Celui-ci, à la fin, retrouva sa voix : « Scharlach, vous cherchez le Nom secret ? »

Scharlach était toujours debout, indifférent. Il n'avait pas participé à la courte lutte, c'est à peine s'il avait allongé la main pour recevoir le revolver de Lönnrot. Il parla ; Lönnrot entendit dans sa voix une victoire lasse, une haine à l'échelle de l'univers, une tristesse qui n'était pas moindre que cette haine.

« Non, dit Scharlach. Je cherche quelque chose de plus éphémère et de plus périssable, je cherche Erik Lönnrot. Il y a trois ans, dans un tripot de la rue de Toulon, vous-même avez arrêté et fait emprisonner mon frère. Dans un coupé, mes hommes m'arrachèrent à la fusillade avec une balle de policier dans le ventre. Neuf jours et neuf nuits j'agonisai dans cette symétrique propriété désolée ; j'étais abattu par la fièvre, l'odieux Janus à deux fronts qui regarde les couchants et les aurores rendait horribles mes rêves et mes veilles. J'en arrivai à prendre mon corps en abomination. J'en arrivai à sentir que deux yeux, deux mains, deux poumons sont aussi monstrueux que deux visages. Un Irlandais essaya de me convertir à la foi de Jésus ; il me répétait la maxime des "goim" : "Tous les chemins mènent à Rome." La nuit, mon délire se nourrissait de cette métaphore ; je sentais que le monde était un labyrinthe d'où il était impossible de s'enfuir puisque tous les chemins, bien qu'ils fissent semblant d'aller vers le nord ou vers le sud, allaient réellement à Rome, qui était aussi la prison quadrangulaire où agonisait mon frère et la propriété de Triste-le-Roy. Au cours de ces nuits-là je jurai sur le dieu à deux faces et sur tous les dieux de la fièvre et des miroirs d'ourdir un labyrinthe autour de l'homme qui avait fait emprisonner mon frère. Je l'ai ourdi et il est solide : les matériaux en sont un hérésiologue mort, une boussole, une secte du XVIIIe siècle, un mot grec, un poignard, les losanges d'une boutique de marchand de couleurs.

« Le premier terme de la série me fut donné par le hasard. J'avais tramé avec quelques collègues — parmi lesquels Daniel Azevedo — le vol des saphirs du tétrarque. Azevedo nous trahit : il se saoula avec l'argent que nous lui avions avancé et entreprit l'affaire la veille. Il se perdit dans l'énorme hôtel ; vers deux heures du matin, il fit irruption dans la chambre de Yarmolinsky. Celui-ci, traqué par l'insomnie, s'était mis à écrire. Vraisemblablement, il rédigeait quelques notes ou un article sur le Nom de Dieu ; il avait déjà écrit les mots "La première lettre du Nom a été articulée". Azevedo lui intima l'ordre de garder le silence. Yarmolinsky tendit la main vers le timbre qui réveillerait toutes les forces de l'hôtel ; Azevedo lui donna un seul coup de poignard dans la poitrine. Ce fut presque un réflexe ; un demi-siècle de violence lui avait appris que le plus facile et le plus sûr est de tuer... Dix jours plus tard, j'appris par la *Yiddische Zeitung* que vous cherchiez dans les écrits de Yarmolinsky la clé de la mort de Yarmolinsky. Je lus l'*Histoire de la secte des hasidim* ; je sus que la crainte respectueuse de prononcer le Nom de Dieu avait donné naissance à la doctrine suivant laquelle ce Nom est tout-puissant et caché. Je sus que quelques hasidim, en quête de ce Nom secret, en étaient arrivés à faire des sacrifices humains... Je compris que vous conjecturiez que les hasidim avaient sacrifié le rabbin ; je m'appliquai à justifier cette conjecture.

« Marcel Yarmolinsky mourut la nuit du 3 décembre ; pour le second "sacrifice", je choisis celle du 3 janvier. Il mourut au Nord, il nous fallait un lieu de l'Ouest. Daniel Azevedo fut la victime nécessaire. Il méritait la mort ; c'était un impulsif, un traître ; sa capture pouvait anéantir tout le plan. Un des nôtres le poignarda ; pour rattacher son cadavre au précédent, j'écrivis au-dessus des losanges de la boutique du marchand de couleurs : "La seconde lettre du Nom a été articulée."

« Le troisième "crime" se produisit le 3 février. Ce fut, comme Treviranus le devina, un pur simulacre. Gryphius-Ginzberg-Ginsburg c'est moi. Je supportai (agrémenté d'une légère barbe postiche) une semaine interminable dans cette perverse chambre de la rue de Toulon, jusqu'au moment où mes amis m'enlevèrent. Du marchepied du coupé l'un d'eux écrivit sur un pilier : "La dernière lettre du Nom a été articulée." Cette phrase proclamait que la série des crimes était "triple". C'est ainsi que le comprit le public ; moi, cependant, j'intercalai des indices répétés pour que vous, le raisonneur Erik Lönnrot, vous compreniez qu'il était "quadruple". Un prodige au Nord, d'autres à l'Est et à l'Ouest réclament un quatrième prodige au Sud ; le Tetragrammaton — le Nom de Dieu, JHVH — se compose de *quatre lettres* ; les arlequins et l'enseigne du marchand de couleurs suggèrent "quatre" termes. Je soulignai un certain passage dans le manuel de Leusden : ce passage manifeste que les Hébreux calculaient le jour de couchant à couchant ; ce passage donne à entendre que les morts eurent lieu le "quatre" de chaque mois. J'envoyai le triangle équilatéral à Treviranus. Je pressentis que vous y ajouteriez le point qui manquait. Le point qui déterminait un losange parfait, le point qui préfixait le lieu où une mort exacte vous attend. J'ai tout prémédité, Erik Lönnrot, pour vous attirer dans les solitudes de Triste-le-Roy. »

Lönnrot évita les yeux de Scharlach. Il regarda les arbres et le ciel subdivisé en losanges confusément jaunes, verts et rouges. Il sentit un peu de froid et une tristesse impersonnelle, presque anonyme. Il faisait déjà nuit ; du jardin poussiéreux monta le cri inutile d'un oiseau. Lönnrot considéra pour la dernière fois le problème des morts symétriques et périodiques.

« Dans votre labyrinthe, il y a trois lignes de trop, dit-il enfin. Je connais un labyrinthe grec qui est une ligne unique, droite. Sur cette ligne, tant de philosophes se sont égarés qu'un pur *détective* peut bien s'y perdre. Scharlach, quand, dans un autre avatar, vous me ferez la chasse, feignez (ou commettez) un crime en A, puis un second crime en B, à 8 kilomètres de A, puis un troisième crime en C, à 4 kilomètres de A et de B, à mi-chemin entre les deux. Attendez-moi ensuite en D, à 2 kilomètres de A et de C, encore à mi-chemin. Tuez-moi en D, comme vous allez maintenant me tuer à Triste-le-Roy.

— La prochaine fois que je vous tuerai, répliqua Scharlach, je vous promets ce labyrinthe, qui se compose d'une seule ligne droite et qui est invisible, et incessant. »

Il recula de quelques pas. Puis, très soigneusement, il fit feu.

1942.

Le Sud

L'homme qui débarqua à Buenos Aires en 1871 s'appelait Johannes Dahlmann. Il était pasteur de l'Église évangélique. En 1939, un de ses petits-fils, Juan Dahlmann, était secrétaire d'une bibliothèque municipale, sise rue Cordoba, et se sentait profondément argentin. Son grand-père maternel avait été ce Francisco Flores du IIe d'infanterie de ligne, qui mourut sur la frontière de la province de Buenos Aires, percé par les lances des Indiens de Catriel. De ces deux lignages discordants, Juan Dahlmann (poussé peut-être par son sang germanique) choisit celui de cet ancêtre romantique, ou de trépas romantique. Un cadre avec le daguerréotype d'un homme au visage inexpressif et barbu, une vieille épée, le bonheur et le courage de certains refrains, l'habitude des strophes de Martín Fierro, les années, l'indifférence et la solitude développèrent en lui un créolisme un tantinet volontaire, mais nullement ostentatoire. Au prix de quelques privations, Dahlmann avait pu sauver la maison et un lopin de terre d'une estancia du Sud, qui fut celle des Flores. Une des habitudes de sa mémoire était l'image des eucalyptus embaumés et de la longue demeure rose, qui autrefois fut cramoisie. Son travail et peut-être sa paresse le retenaient à la ville. Été après été, il se contentait de l'idée abstraite de la possession et de la certitude que sa maison l'attendait dans un endroit précis de la plaine. Dans les derniers jours de février 1939, quelque chose lui arriva.

Aveugle pour les fautes, le destin peut être implacable pour les moindres distractions. Dahlmann avait acquis ce soir-là un exemplaire incomplet des *Mille et Une Nuits* de Weil. Impatient d'examiner sa trouvaille, il n'attendit pas que l'ascenseur descende et monta avec précipitation les escaliers. Quelque chose dans l'obscurité lui effleura le front. Une chauve-souris ? Un oiseau ? Sur le visage de la femme qui lui ouvrit la porte, il vit se peindre l'horreur et la main qu'il passa sur son front devint rouge de sang. L'arête d'un volet récemment peint, que quelqu'un avait oublié de fermer, lui avait fait cette blessure. Dahlmann réussit à dormir. Mais, à l'aube, il était réveillé et, dès lors, la saveur de toutes choses lui devint atroce. La fièvre le ravagea et les illustrations des *Mille et Une Nuits* servirent à illustrer ses cauchemars. Amis et parents le visitaient et lui répétaient avec un sourire exagéré qu'ils le trouvaient très bien. Dahlmann les entendait dans une sorte d'engourdissement sans force et s'émerveillait de les voir ignorer qu'il était en enfer. Huit jours passèrent, aussi longs que huit siècles. Un soir, le médecin habituel se présenta avec un médecin nouveau et ils le conduisirent tous deux à une clinique de la rue Ecuador, car il était indispensable de le radiographier. Dahlmann, dans le taxi qui les amenait, pensa que, dans une chambre qui ne serait pas la sienne, il pourrait enfin dormir. Il se sentait heureux et communicatif. Quand il arriva, on le dévêtit, on lui rasa le crâne, on l'attacha sur une civière, on l'éclaira jusqu'à l'aveuglement et jusqu'au vertige, on l'ausculta et un homme masqué lui enfonça une aiguille dans le bras. Il se réveilla avec des nausées et des pansements dans une cellule qui ressemblait un peu à un puits. Durant les jours et les nuits qui suivirent l'opération, il put comprendre qu'il n'avait guère été jusqu'alors que dans la banlieue de l'enfer. La glace ne laissait dans sa bouche aucune trace de fraîcheur. Dahlmann s'abomina minutieusement. Il abomina son identité, les nécessités de son corps, son humiliation, la barbe qui lui hérissait le visage. Il supporta stoïquement les traitements, qui étaient très douloureux, mais quand le chirurgien lui dit qu'il avait été sur le point de mourir d'une septicémie, Dahlmann se mit à pleurer, ému de son propre destin. Les douleurs physiques et l'incessante prévision de mauvaises nuits ne lui avaient pas permis de penser à quelque chose d'aussi abstrait que la mort. Un autre jour, le chirurgien lui dit qu'il allait mieux et que très vite il pourrait se rendre en convalescence dans son estancia. Incroyablement, le jour promis arriva.

La réalité aime les symétries et les légers anachronismes. Dahlmann était venu à la clinique en taxi et un taxi l'amenait maintenant à la gare de Constitution. La première fraîcheur de l'automne après l'oppression de l'été était comme si la nature lui offrait un symbole de sa vie rachetée de la mort et de la fièvre. La ville, à sept heures du matin, n'avait pas perdu cet air de vieille maison que lui donne la nuit. Les rues étaient comme de grands vestibules, les places comme des patios. Dahlmann les reconnaissait avec bonheur et avec un début de vertige. Quelques secondes avant que ses yeux ne les perçoivent, il se souvenait des coins de rues, des panneaux d'affichage, des modestes particularités de Buenos Aires. Dans la lumière dorée du nouveau jour, toute chose lui était restituée.

Personne n'ignore que le Sud commence de l'autre côté de la rue Rivadavia. Dahlmann avait coutume de répéter qu'il ne s'agit pas là d'une convention et que celui qui traverse cette rue entre dans un monde plus ancien et plus ferme. De la voiture, il cherchait parmi les constructions nouvelles la fenêtre grillée, le heurtoir, la porte voûtée, le vestibule, l'intime patio.

Dans le hall de la gare, il s'aperçut qu'il était en avance d'une demi-heure. Il se souvint brusquement que, dans le café de la rue Brasil, tout près de la maison d'Yrigoyen, il y avait un énorme chat qui, telle une divinité dédaigneuse, se laissait caresser par les clients. Il entra, le chat était là, endormi. Dahlmann demanda une tasse de café, la sucra lentement, la goûta (dans la clinique, ce plaisir lui avait été interdit) et il pensa, pendant qu'il lissait le noir pelage, que ce contact était illusoire et que le chat et lui étaient comme séparés par une plaque de verre, parce que l'homme vit dans le temps, dans la succession, et le magique animal dans l'actuel, dans l'éternité de l'instant.

Le train attendait au long de l'avant-dernier quai. Dahlmann parcourut les wagons et en trouva un qui était presque vide. Il mit sa valise dans le filet. Quand les voitures démarrèrent, il l'ouvrit et en tira, après quelques hésitations, le premier tome des *Mille et Une Nuits*. Voyager avec ce livre, si étroitement lié à l'histoire de son malheur, était une affirmation que ce malheur était maintenant annulé et un défi joyeux et secret aux forces maintenant désappointées du mal.

Des deux côtés du train, la cité se diluait en faubourgs. Cette vision, puis celle de jardins et de villas, retardèrent le début de sa lecture. La vérité est que Dahlmann lut peu. La montagne de pierre d'aimant et le génie qui jura de tuer son bienfaiteur étaient assurément merveilleux, mais pas beaucoup plus que la lumière du matin et le simple fait d'exister. Le bonheur le distrayait de Shéhérazade et de ses miracles superflus. Dahlmann ferma le livre et se laissa tout bonnement vivre.

Le déjeuner (avec le bouillon servi dans des bols de métal brillant, comme aux jours déjà lointains de ses vacances enfantines) fut un autre plaisir calme et bien venu.

« Demain, je m'éveillerai à l'estancia », pensa-t-il et c'était comme si deux hommes existaient en même temps : celui qui voyageait dans un jour d'automne et dans la géographie de son pays et un autre, enfermé dans une clinique et soumis à de méthodiques servitudes. Il vit des maisons de briques sans crépi, longues et construites en équerre, regardant indéfiniment passer les trains ; il vit des cavaliers dans les chemins poussiéreux ; il vit des fossés, des mares et du bétail ; il vit de grands nuages lumineux qu'on aurait dits en marbre et toutes ces choses lui paraissaient fortuites, comme autant de rêves de la plaine. Il crut aussi reconnaître des arbres et des cultures qu'il n'aurait pas pu nommer, car son expérience concrète de la campagne était fort inférieure à la connaissance nostalgique et littéraire qu'il en avait.

Il finit par dormir et la lancée du train hantait ses rêves. Déjà le soleil blanc et intolérable de midi était le soleil jaune qui précède le crépuscule et il n'allait pas tarder à devenir rouge. Le wagon, lui aussi, avait changé. Ce n'était plus celui qui avait quitté le quai de la gare de Constitution. La plaine et les heures l'avaient traversé et métamorphosé. Dehors, l'ombre mobile du wagon s'allongeait jusqu'à l'horizon. Ni villages, ni autres manifestations humaines ne troublaient le sol élémentaire. Tout était vaste, mais en même temps intime, en quelque manière, secret. Dans la campagne immense, il n'y avait parfois rien d'autre qu'un taureau. La solitude était parfaite, peut-être hostile. Dahlmann put supposer qu'il ne voyageait pas seulement vers le Sud, mais aussi vers le passé. Un contrôleur le tira de cette conjecture fantastique. Regardant son billet, il l'avertit que le train ne le déposerait pas à la station habituelle, mais à une autre située un peu avant et à peu près inconnue de Dahlmann. (L'homme ajouta une explication que Dahlmann n'essaya pas de comprendre ni même d'écouter, parce que le mécanisme des événements ne l'intéressait pas.)

Le train s'arrêta laborieusement, presque en pleine campagne. De l'autre côté de la voie, se trouvait la gare, qui ne consistait guère qu'en un quai et un appentis. Il n'y avait là aucune voiture, mais le chef de la station fut d'avis que le voyageur pourrait peut-être en louer une dans la boutique qu'il lui indiqua, à mille ou douze cents mètres de là.

Dahlmann accepta cette promenade forcée comme une petite aventure. Déjà le soleil s'était couché, mais une dernière clarté exaltait la plaine vive et silencieuse que la nuit allait effacer. Moins pour éviter la fatigue que pour faire durer le trajet, Dahlmann marchait lentement, respirant avec un plaisir solennel l'odeur du trèfle.

L'almacen avait été autrefois rouge ponceau, mais les années avaient heureusement tempéré cette couleur violente. Quelque chose dans sa pauvre architecture rappela au voyageur une gravure sur acier, peut-être d'une vieille édition de

Paul et Virginie. Plusieurs chevaux étaient attachés à la palissade. Dahlmann, une fois entré, crut reconnaître le patron. Il s'aperçut ensuite qu'il avait été abusé par la ressemblance de l'homme avec un des employés de la clinique. Le patron, informé de l'affaire, lui dit qu'il ferait atteler la carriole. Pour ajouter un fait nouveau à la journée et pour passer le temps, Dahlmann résolut de dîner dans l'almacen.

À une table, un groupe de jeunes gens mangeaient et buvaient bruyamment. Dahlmann, au début, ne fit pas attention à eux. À même le sol, le dos appuyé contre le comptoir, était accroupi un vieillard, immobile comme une chose. Un grand nombre d'années l'avaient réduit et poli comme les eaux font une pierre et les générations une maxime. Il était bruni, petit, desséché et on l'aurait dit hors du temps, dans une sorte d'éternité. Dahlmann remarqua avec satisfaction qu'il était vêtu de la tête aux pieds comme le gaucho typique et il se dit, se souvenant de discussions oiseuses avec des gens de provinces du Nord ou d'Entre Ríos, que des gauchos de cette espèce, il n'en existait plus que dans le Sud.

Dahlmann s'installa près de la fenêtre. La campagne était maintenant tout entière dans l'obscurité, mais son odeur et ses bruits parvenaient jusqu'à lui à travers les barreaux de fer. Le patron lui apporta des sardines, puis de la viande grillée. Dahlmann fit passer le tout avec quelques verres de vin rouge. Sans penser à rien, il savourait l'âpre saveur et laissait errer dans la pièce son regard déjà un peu somnolent. La lampe à pétrole pendait à une des poutres. Les clients, à l'autre table, étaient trois : deux paraissaient des valets de ferme, l'autre, dont les traits pesants étaient vaguement indiens, buvait, le chapeau sur la tête. Soudain, Dahlmann sentit quelque chose lui effleurer le visage. Près du verre ordinaire, épais et sale, sur une des raies de la nappe, il y avait une boulette de mie de pain. C'était tout, mais quelqu'un l'avait jetée.

Ceux de l'autre table paraissaient indifférents. Dahlmann, perplexe, décida que rien ne s'était passé et ouvrit le volume des *Mille et Une Nuits*, comme pour recouvrir la réalité. Une autre boulette l'atteignit au bout de quelques minutes et, cette fois, les trois se mirent à rire. Dahlmann se dit qu'il n'était pas effrayé, mais que ce serait absurde, de la part d'un convalescent, de se laisser entraîner par des inconnus à une rixe confuse. Il résolut de sortir. Il était déjà debout, quand le patron s'approcha et lui dit d'une voix inquiète :

« Monsieur Dahlmann, ne faites pas attention à ces types. Ils sont un peu éméchés. »

Dahlmann ne s'étonna pas que l'autre, maintenant, le connût. Mais il sentit que ces paroles apaisantes aggravaient en fait la situation. Auparavant, la provocation du trio était dirigée à un visage de hasard, pour ainsi dire à personne ; désormais, elle s'adressait à lui, à son nom. Les voisins l'apprendraient. Dahlmann écarta le patron, fit face aux rieurs et leur demanda ce qu'ils voulaient.

Le compadrito aux traits indiens se leva en titubant. À un pas de Juan Dahlmann, il l'injuria à grands cris, comme s'il se trouvait très loin. Il jouait à exagérer son ébriété et son exagération était un outrage et une moquerie. Tout en se répandant en jurons et en obscénités, il lança en l'air un long couteau, le suivit des yeux, le rattrapa et invita Dahlmann à se battre. Le patron objecta avec une voix tremblante que Dahlmann était sans arme. À ce moment, quelque chose d'imprévisible se produisit.

De son coin, le vieux gaucho extatique, en qui Dahlmann voyait un symbole du Sud (de ce Sud, qui était le sien), lui lança un poignard, la lame nue, qui vint tomber à ses pieds. C'était comme si le Sud avait décidé que Dahlmann accepterait le duel. Dahlmann se baissa pour ramasser le poignard et comprit deux choses. La première, que, par cet acte presque instinctif, il s'engageait à combattre. La seconde, que l'arme dans sa main maladroite ne servirait pas à le défendre, mais à justifier qu'on le tue. Il lui était arrivé, comme à tout le monde, de jouer avec un poignard, mais sa science de l'escrime se bornait au fait qu'il savait que les coups devaient être portés de bas en haut et le tranchant vers l'extérieur. « À la clinique, on n'aurait pas permis que de pareilles choses m'arrivent », pensa-t-il.

« Sortons », dit l'autre.

Ils sortirent, et si, en Dahlmann, il n'y avait pas d'espoir, il n'y avait pas non plus de peur. Il sentit, en passant le seuil, que mourir dans un duel au couteau, à ciel ouvert et en attaquant de son côté son adversaire, eût été pour lui une libération, une félicité et une fête, quand on lui enfonça l'aiguille, la première nuit, à la clinique. Il sentit que si, alors, il eût pu choisir ou rêver sa mort, c'est cette mort-là qu'il aurait choisie ou rêvée.

Dahlmann empoigne avec fermeté le couteau qu'il ne saura sans doute pas manier et sort dans la plaine.

Les ruines circulaires	9
Le jardin aux sentiers qui bifurquent	21
Funes ou la mémoire	41
La forme de l'épée	55
La mort et la boussole	65
Le Sud	85

COLLECTION FOLIO 2€

Dernières parutions

4199. Léon Tolstoï	*Le réveillon du jeune tsar* et autres contes
4200. Oscar Wilde	*La Ballade de la geôle de Reading* précédé de *Poèmes*
4273. Cervantès	*La petite gitane*
4274. Collectif	*«Dansons autour du chaudron». Les sorcières dans la littérature*
4275. G. K. Chesterton	*Trois enquêtes du Père Brown*
4276. Francis Scott Fitzgerald	*Une vie parfaite* suivi de *L'accordeur*
4277. Jean Giono	*Prélude de Pan* et autres nouvelles
4278. Katherine Mansfield	*Mariage à la mode* précédé de *La baie*
4279. Pierre Michon	*Vie du père Foucault* suivi de *Vie de George Bandy*
4280. Flannery O'Connor	*Un heureux événement* suivi de *La personne déplacée*
4281. Chantal Pelletier	*Intimités* et autres nouvelles
4282. Léonard de Vinci	*Prophéties* précédé de *Philosophie et d'Aphorismes*
4317. Anonyme	*Ma'rûf le savetier. Un conte des Mille et Une Nuits*
4318. René Depestre	*L'œillet ensorcelé* et autres nouvelles
4319. Henry James	*Le menteur*
4320. Jack London	*La piste des soleils* et autres nouvelles
4321. Jean-Bernard Pouy	*La mauvaise graine* et autres nouvelles
4322. Saint Augustin	*La Création du monde et le Temps* suivi de *Le Ciel et la Terre*
4323. Bruno Schulz	*Le printemps*
4324. Qian Zhongshu	*Pensée fidèle* suivi d'*Inspiration*
4325. Marcel Proust	*L'affaire Lemoine*
4326. Ji Yun	*Des nouvelles de l'au-delà*

4387. Boileau-Narcejac	*Au bois dormant*
4388. Albert Camus	*Été*
4389. Philip K. Dick	*Ce que disent les morts*
4390. Alexandre Dumas	*La dame pâle*
4391. Herman Melville	*Les encantadas, ou îles enchantées*
4392. Mathieu François Pidansat de Mairobert	*Confession d'une jeune fille*
4393. Wang Chong	*De la mort*
4394. Marguerite Yourcenar	*Le Coup de grâce*
4395. Nicolas Gogol	*Une terrible vengeance*
4396. Jane Austen	*Lady Susan*
4441. Honoré de Balzac	*Les dangers de l'inconduite*
4442. Collectif	*1, 2, 3... bonheur! Le bonheur en littérature*
4443. James Crumley	*Tout le monde peut écrire une chanson triste* et autres nouvelles
4444. Fumio Niwa	*L'âge des méchancetés*
4445. William Golding	*L'envoyé extraordinaire*
4446. Pierre Loti	*Les trois dames de la kasbah* suivi de *Suleïma*
4447. Marc Aurèle	*Pensées. Livres I-VI*
4448. Jean Rhys	*À septembre, Petronella* suivi de *Qu'ils appellent ça du jazz*
4449. Gertrude Stein	*La brave Anna*
4450. Voltaire	*Le monde comme il va* et autres contes
4482. Régine Detambel	*Petit éloge de la peau*
4483. Caryl Férey	*Petit éloge de l'excès*
4484. Jean-Marie Laclavetine	*Petit éloge du temps présent*
4485. Richard Millet	*Petit éloge d'un solitaire*
4486. Boualem Sansal	*Petit éloge de la mémoire*
4518. Renée Vivien	*La dame à la louve*
4519. Madame Campan	*Mémoires sur la vie privée de Marie-Antoinette. Extraits*
4520. Madame de Genlis	*La femme auteur*
4521. Elsa Triolet	*Les amants d'Avignon*

4522. George Sand	*Pauline*
4549. Amaru	*La centurie. Poèmes amoureux de l'Inde ancienne*
4550. Collectif	*«Mon cher papa...» Des écrivains et leur père*
4551. Joris-Karl Huysmans	*Sac au dos suivi d'À vau l'eau*
4552. Marc Aurèle	*Pensées. livres VII-XII*
4553. Valery Larbaud	*Mon plus secret conseil...*
4554. Henry Miller	*Lire aux cabinets précédé d'Ils étaient vivants et ils m'ont parlé*
4555. Alfred de Musset	*Emmeline suivi de Croisilles*
4556. Irène Némirovsky	*Ida suivi de La comédie bourgeoise*
4557. Rainer Maria Rilke	*Au fil de la vie. Nouvelles et esquisses*
4558. Edgar Allan Poe	*Petite discussion avec une momie et autres histoires extraordinaires*
4596. Michel Embareck	*Le temps des citrons*
4597. David Shahar	*La moustache du pape et autres nouvelles*
4598. Mark Twain	*Un majestueux fossile littéraire et autres nouvelles*
4618. Stéphane Audeguy	*Petit éloge de la douceur*
4619. Éric Fottorino	*Petit éloge de la bicyclette*
4620. Valentine Goby	*Petit éloge des grandes villes*
4621. Gaëlle Obiégly	*Petit éloge de la jalousie*
4622. Pierre Pelot	*Petit éloge de l'enfance*
4639. Benjamin Constant	*Le cahier rouge*
4640. Carlos Fuentes	*La Desdichada*
4641. Richard Wright	*L'homme qui a vu l'inondation suivi de Là-bas, près de la rivière*
4665. Cicéron	*«Le bonheur dépend de l'âme seule». Livre V des «Tusculanes»*
4666. Collectif	*Le pavillon des parfums-réunis et autres nouvelles chinoises des Ming*
4667. Thomas Day	*L'automate de Nuremberg*

4668. Lafcadio Hearn	*Ma première journée en Orient* suivi de *Kizuki, le sanctuaire le plus ancien du Japon*
4669. Simone de Beauvoir	*La femme indépendante*
4670. Rudyard Kipling	*Une vie gaspillée* et autres nouvelles
4671. D. H. Lawrence	*L'épine dans la chair* et autres nouvelles
4672. Luigi Pirandello	*Eau amère* et autres nouvelles
4673. Jules Verne	*Les révoltés de la Bounty* suivi de *Maître Zacharius*
4674. Anne Wiazemsky	*L'île*
4708. Isabelle de Charrière	*Sir Walter Finch et son fils William*
4709. Madame d'Aulnoy	*La princesse Belle Étoile et le prince Chéri*
4710. Isabelle Eberhardt	*Amours nomades. Nouvelles choisies*
4711. Flora Tristan	*Promenades dans Londres. Extraits*
4737. Joseph Conrad	*Le retour*
4738. Roald Dahl	*Le chien de Claude*
4739. Fiodor Dostoïevski	*La femme d'un autre et le mari sous le lit. Une aventure peu ordinaire*
4740. Ernest Hemingway	*La capitale du monde* suivi de *L'heure triomphale de Francis Macomber*
4741. H. P. Lovecraft	*Celui qui chuchotait dans les ténèbres*
4742. Gérard de Nerval	*Pandora* et autres nouvelles
4743. Juan Carlos Onetti	*À une tombe anonyme*
4744. Robert Louis Stevenson	*La chaussée des Merry Men*
4745. Henry David Thoreau	*«Je vivais seul dans les bois»*
4746. Michel Tournier	*L'aire du muguet* précédé de *La jeune fille et la mort*
4781. Collectif	*Sur le zinc. Au café des écrivains*
4782. Francis Scott Fitzgerald	*L'étrange histoire de Benjamin Button* suivi de *La lie du bonheur*
4783. Lao She	*Le nouvel inspecteur* suivi de *le croissant de lune*
4784. Guy de Maupassant	*Apparition* et autres contes de l'étrange
4785. D. A. F. de Sade	*Eugénie de Franval. Nouvelle tragique*

4786. Patrick Amine	*Petit éloge de la colère*
4787. Élisabeth Barillé	*Petit éloge du sensible*
4788. Didier Daeninckx	*Petit éloge des faits divers*
4789. Nathalie Kuperman	*Petit éloge de la haine*
4790. Marcel Proust	*La fin de la jalousie* et autres nouvelles
4839. Julian Barnes	*À jamais* et autres nouvelles
4840. John Cheever	*Une américaine instruite* précédé d'*Adieu, mon frère*
4841. Collectif	*«Que je vous aime, que je t'aime!» Les plus belles déclarations d,amour*
4842. André Gide	*Souvenirs de la cour d'assises*
4843. Jean Giono	*Notes sur l'affaire Dominici* suivi d'*Essai sur le caractère des personnages*
4844. Jean de La Fontaine	*Comment l'esprit vient aux filles* et autres contes libertins
4845. Yukio Mishima	*Papillon* suivi de *La lionne*
4846. John Steinbeck	*Le meurtre* et autres nouvelles
4847. Anton Tchekhov	*Un royaume de femmes* suivi de *De l'amour*
4848. Voltaire	*L'Affaire du chevalier de La Barre* précédé de *L,Affaire Lally*
4875. Marie d'Agoult	*Premières années (1806-1827)*
4876. Madame de Lafayette	*Histoire de la princesse de Montpensier* et autres nouvelles
4877. Madame Riccoboni	*Histoire de M. le marquis de Cressy*
4878. Madame de Sévigné	*«Je vous écris tous les jours...» Premières lettres à sa fille*
4879. Madame de Staël	*Trois nouvelles*
4911. Karen Blixen	*Saison à Copenhague*
4912. Julio Cortázar	*La porte condamnée* et autres nouvelles fantastiques
4913. Mircea Eliade	*Incognito à Buchenwald...* précédé d'*Adieu!...*
4914. Romain Gary	*Les Trésors de la mer Rouge*

4915. Aldous Huxley	*Le jeune Archimède* précédé de *Les Claxton*
4916. Régis Jauffret	*Ce que c'est que l'amour* et autres microfictions
4917. Joseph Kessel	*Une balle perdue*
4918. Lie-tseu	*Sur le destin* et autres textes
4919. Junichirô Tanizaki	*Le pont flottant des songes*
4920. Oscar Wilde	*Le portrait de Mr. W. H.*
4953. Eva Almassy	*Petit éloge des petites filles*
4954. Franz Bartelt	*Petit éloge de la vie de tous les jours*
4955. Roger Caillois	*Noé* et autres textes
4956. Jacques Casanova	*Madame F.* suivi d'*Henriette*
4957. Henry James	*De Grey, histoire romantique*
4958. Patrick Kéchichian	*Petit éloge du catholicisme*
4959. Michel Lermontov	*La princesse Ligovskoï*
4960. Pierre Péju	*L'idiot de Shanghai* et autres nouvelles
4961. Brina Svit	*Petit éloge de la rupture*
4962. John Updike	*Publicité* et autres nouvelles
5010. Anonyme	*Le petit-fils d'Hercule. Un roman libertin*
5011. Marcel Aymé	*La bonne peinture*
5012. Mikhaïl Boulgakov	*J'ai tué* et autres récits
5013. Sir Arthur Conan Doyle	*L'interprète grec* et autres aventures de Sherlock Holmes
5014. Frank Conroy	*Le cas mystérieux de R.* et autres nouvelles
5015. Sir Arthur Conan Doyle	*Une affaire d'identité* et autres aventures de Sherlock Holmes
5016. Cesare Pavese	*Histoire secrète* et autres nouvelles
5017. Graham Swift	*Le sérail* et autres nouvelles
5018. Rabindranath Tagore	*Aux bords du Gange* et autres nouvelles
5019. Émile Zola	*Pour une nuit d'amour* suivi de *L'inondation*
5060. Anonyme	*L'œil du serpent. Contes folkloriques japonais*
5061. Federico García Lorca	*Romancero gitan* suivi de *Chant funèbre pour Ignacio Sanchez Mejias*

5062. Ray Bradbury	*Le meilleur des mondes possibles* et autres nouvelles
5063. Honoré de Balzac	*La Fausse Maîtresse*
5064. Madame Roland	*Enfance*
5065. Jean-Jacques Rousseau	*« En méditant sur les dispositions de mon âme... » et autres rêveries,* suivi de *Mon portrait*
5066. Comtesse de Ségur	*Ourson*
5067. Marguerite de Valois	*Mémoires. Extraits*
5068. Madame de Villeneuve	*La Belle et la Bête*
5069. Louise de Vilmorin	*Sainte-Unefois*
5120. Hans Christian Andersen	*La Vierge des glaces*
5121. Paul Bowles	*L'éducation de Malika*
5122. Collectif	*Au pied du sapin. Contes de Noël*
5123. Vincent Delecroix	*Petit éloge de l'ironie*
5124. Philip K. Dick	*Petit déjeuner au crépuscule* et autres nouvelles
5125. Jean-Baptiste Gendarme	*Petit éloge des voisins*
5126. Bertrand Leclair	*Petit éloge de la paternité*
5127. Alfred de Musset - George sand	*« Ô mon George, ma belle maîtresse... » Lettres*
5128. Grégoire Polet	*Petit éloge de la gourmandise*
5129. Paul Verlaine	*L'Obsesseur* précédé d'*Histoires comme ça*
5163. Akutagawa Ryûnosuke	*La vie d'un idiot* précédé d'*Engrenage*
5164. Anonyme	*Saga d'Eirikr le Rouge* suivi de *Saga des Groenlandais*
5165. Antoine Bello	*Go Ganymède!*
5166. Adelbert von Chamisso	*L'étrange histoire de Peter Schlemihl*
5167. Collectif	*L'art du baiser. Les plus beaux baisers de la littérature*
5168. Guy Goffette	*Les derniers planteurs de fumée*
5169. H. P. Lovecraft	*L'horreur de Dunwich*
5170. Léon Tolstoï	*Le diable*

5184. Alexandre Dumas	*La main droite du sire de Giac* et autres nouvelles
5185. Edith Wharton	*Le miroir suivi de Miss Mary Pask*
5231. Théophile Gautier	*La cafetière* et autres contes fantastiques
5232. Claire Messud	*Les Chasseurs*
5233. Dave Eggers	*Du haut de la montagne, une longue descente*
5234. Gustave Flaubert	*Un parfum à sentir ou Les Baladins* suivi de *Passion et vertu*
5235. Carlos Fuentes	*En bonne compagnie* suivi de *La chatte de ma mère*
5236. Ernest Hemingway	*Une drôle de traversée*
5237. Alona Kimhi	*Journal de berlin*
5238. Lucrèce	*« L'esprit et l'âme se tiennent étroitement unis ». Livre III de « De la nature »*
5239. Kenzaburô Ôé	*Seventeen*
5240. P. G. Wodehouse	*Une partie mixte à trois* et autres nouvelles du green
5290. Jean-Jacques Bernard	*Petit éloge du cinéma d'aujourd'hui*
5291. Jean-Michel Delacomptée	*Petit éloge des amoureux du Silence*
5292. Mathieu Térence	*Petit éloge de la joie*
5293. Vincent Wackenheim	*Petit éloge de la première fois*
5294. Richard Bausch	*Téléphone rose* et autres nouvelles
5295. Collectif	*Ne nous fâchons pas ! ou L'art de se disputer au théâtre*
5296. Robin Robertson	*Fiasco ! Des écrivains en scène*
5297. Miguel de Unamuno	*Des yeux pour voir* et autres contes
5298. Jules Verne	*Une fantaisie du Docteur Ox*
5299. Robert Charles Wilson	*YFL-500* suivi du *Mariage de la dryade*
5347. Honoré de Balzac	*Philosophie de la vie conjugale*
5348. Thomas De Quincey	*Le bras de la vengeance*
5349. Charles Dickens	*L'embranchement de Mugby*
5350. Épictète	*De l'attitude à prendre envers les tyrans*

5351.	Marcus Malte	*Mon frère est parti ce matin...*
5352.	Vladimir Nabokov	*Natacha* et autres nouvelles
5353.	Arthur Conan Doyle	*Un scandale en Bohême* suivi de *Silver Blaze. Deux aventures de Sherlock Holmes*
5354.	Jean Rouaud	*Préhistoires*
5355.	Mario Soldati	*Le père des orphelins*
5356.	Oscar Wilde	*Maximes* et autres textes
5415.	Franz Bartelt	*Une sainte fille* et autres nouvelles
5416.	Mikhaïl Boulgakov	*Morphine*
5417.	Guillermo Cabrera Infante	*Coupable d'avoir dansé le cha-cha-cha*
5418.	Collectif	*Jouons avec les mots. Jeux littéraires*
5419.	Guy de Maupassant	*Contes au fil de l'eau*
5420.	Thomas Hardy	*Les intrus de la Maison Haute* précédé d'un autre conte du Wessex
5421.	Mohamed Kacimi	*La confession d'Abraham*
5422.	Orhan Pamuk	*Mon père* et autres textes
5423.	Jonathan Swift	*Modeste proposition* et autres textes
5424.	Sylvain Tesson	*L'éternel retour*
5462.	Lewis Carroll	*Misch-Masch* et autres textes de jeunesse
5463.	Collectif	*Un voyage érotique. Invitations à l'amour dans la littérature du monde entier*
5464.	François de La Rochefoucauld	*Maximes* suivi de *Portrait de La Rochefoucauld par lui-même*
5465.	William Faulkner	*Coucher de soleil* et autres Croquis de La Nouvelle-Orléans
5466.	Jack Kerouac	*Sur les origines d'une génération* suivi de *Le dernier mot*
5467.	Liu Xinwu	*La Cendrillon du canal* suivi de *Poisson à face humaine*
5468.	Patrick Pécherot	*Petit éloge des coins de rue*
5469.	George Sand	*La château de Pictordu*
5470.	Montaigne	*De l'oisiveté* et autres Essais en français moderne

5471. Martin Winckler	*Petit éloge des séries télé*
5523. E.M. Cioran	*Pensées étranglées* précédé du *Mauvais démiurge*
5524. Dôgen	*Corps et esprit. La Voie du zen*
5525. Maître Eckhart	*L'amour est fort comme la mort* et autres textes
5526. Jacques Ellul	*« Je suis sincère avec moi-même »* et autres lieux communs
5527. Liu An	*Du monde des hommes. De l'art de vivre parmi ses semblables*
5528. Sénèque	*De la providence* suivi de *Lettres à Lucilius (lettres 71 à 74)*
5529. Saâdi	*Le Jardin des Fruits. Histoires édifiantes et spirituelles*
5530. Tchouang-tseu	*Joie suprême* et autres textes
5531. Jacques De Voragine	*La Légende dorée. Vie et mort de saintes illustres*
5532. Grimm	*Hänsel et Gretel* et autres contes
5589. Saint Augustin	*L'Aventure de l'esprit et autres Confessions*
5590. Anonyme	*Le brahmane et le pot de farine. Contes édifiants du Pañcatantra*
5591. Simone Weil	*Pensées sans ordre concernant l'amour de Dieu* et autres textes
5592. Xun zi	*Traité sur le Ciel* et autres textes
5606. Collectif	*Un oui pour la vie ? Le mariage en littérature*
5607. Éric Fottorino	*Petit éloge du Tour de France*
5608. E. T. A. Hoffmann	*Ignace Denner*
5609. Frédéric Martinez	*Petit éloge des vacances*
5610. Sylvia Plath	*Dimanche chez les Minton* et autres nouvelles
5611. Lucien	*« Sur des aventures que je n'ai pas eues ». Histoire véritable*
5631. Boccace	*Le Décaméron. Première journée*
5632. Isaac Babel	*Une soirée chez l'impératrice* et autres récits

5633. Saul Bellow	*Un futur père* et autres nouvelles
5634. Belinda Cannone	*Petit éloge du désir*
5635. Collectif	*Faites vos jeux ! Les jeux en littérature*
5636. Collectif	*Jouons encore avec les mots. Nouveaux jeux littéraires*
5637. Denis Diderot	*Sur les femmes* et autres textes
5638. Elsa Marpeau	*Petit éloge des brunes*
5639. Edgar Allan Poe	*Le sphinx* et autres contes
5640. Virginia Woolf	*Le quatuor à cordes* et autres nouvelles
5714. Guillaume Apollinaire	*« Mon cher petit Lou ». Lettres à Lou*
5715. Jorge Luis Borges	*Le Sud* et autres fictions
5716. Thérèse d'Avila	*Le Château intérieur. Les trois premières demeures de l'âme*
5717. Chamfort	*Maximes* suivi de *Pensées morales*
5718. Ariane Charton	*Petit éloge de l'héroïsme*
5719. Collectif	*Le goût du zen. Recueil de propos et d'anecdotes*
5720. Collectif	*À vos marques ! Nouvelles sportives*
5721. Olympe De Gouges	*« Femme, réveille-toi ! » Déclaration des droits de la femme et de la citoyenne* et autres écrits
5722. Tristan Garcia	*Le saut de Malmö* et autres nouvelles
5723. Silvina Ocampo	*La musique de la pluie* et autres nouvelles
5758. Anonyme	*Fioretti*
5759. Gandhi	*En guise d'autobiographie*
5760. Leonardo Sciascia	*La tante d'Amérique*
5761. Prosper Mérimée	*La perle de Tolède* et autres nouvelles
5762. Amos Oz	*Chanter* et autres nouvelles
5794. James Joyce	*Un petit nuage* et autres nouvelles
5795. Blaise Cendrars	*L'Amiral*
5796. Collectif	*Pieds nus sur la terre sacrée. Textes rassemblés par T. C. McLuhan*
5797. Ueda Akinari	*La maison dans les roseaux* et autres contes
5798. Alexandre Pouchkine	*Le coup de pistolet* et autres récits de feu Ivan Pétrovitch Bielkine

Composition IGS-CP
Impression Novoprint
à Barcelone, le 21 septembre 2015
Dépôt légal : septembre 2015

ISBN : 978-2-07-045716-8. / Imprimé en Espagne.
290025